Im Dorf. Schwansener Geschichten

Robert Kappel

Im Dorf

Schon wieder ist die Kirche voll. Steffen ist gestorben. Letzte Woche Loi, davor Franz und Käthe. Im Dorf sterben sehr viele Freunde und Nachbarn, alle sterben, alle suchen den Trost. Ich stehe ganz hinten. Die Orgel spielt. *Ein feste Burg ist unser Gott.* Alle können die Texte singen. Die Pastorin stimmt sich ein. Am Grab weinen viele Menschen, so wie ich damals am Grab meiner Eltern. Till spielte die Trompete. *Il Silencio.*

Auf der Landstraße nebenan rauschen die schwarzen Autos vorbei. Ohne Auto geht fast nichts. Es sei denn du bist jung und kannst dich mit dem Fahrrad oder Elektrorad bewegen. Zum Arzt sind es sechs km, zum Supermarkt ebenfalls sechs, zur Apotheke genauso weit. Wer nicht mehr Auto fahren kann, ist auf Hilfe von Verwandten oder professionellen Pflegediensten angewiesen. Beim Bäcker stehen sie schon wieder Schlange, morgens um 7 Uhr. Brötchen, Brot und Kuchen. Die Lastwagenfahrer, die Handwerker und einige ältere Touristen trinken ihren Kaffee. Manchmal liegt der Hund vor der Seitentür. Einen Bäcker gibt es im Dorf, Handwerksbetriebe, Restaurants, Campingplätze und auch einen Friseurladen, in dem zwei Frauen arbeiten, rund um die Uhr. Die Nachfrage ist gut, die beiden Frauen reden nicht so viel und schneiden, föhnen und färben gut. Zum nächsten Friseur in der Kreisstadt sind es 12 km. Der Dorffriseur ist billiger, in der Stadt haben die Friseure nach der Pandemie ordentlich zugelangt.

An den Bäumen hängen noch die Pflaumen, sie sind besonders lecker zu dieser Zeit. Leider sind die Bäume so hoch, dass ich sie nicht mehr einfach pflücken kann. Oben sind sie am besten. Ich benötige die Leiter. *No risk no fun.* Die Apfelernte in diesem Jahr ist besonders gut. Volle Äste, nur die Augustäpfel sind schon abgeerntet. Manch ein Apfel ist schon etwas verfault. Im September hat es wieder geregnet, aber er ist sehr schön gewesen, sogar noch im Oktober und November fand die Sonne zur Kraft zurück. Ich sitze vor der Haustür und lasse die Sonne in mein Gesicht scheinen. Die Haut freut sich über die angenehme Wärme.

Ich laufe durchs Dorf. Kaum ein Mensch ist unterwegs. An der Gabelung gehe ich heute nach rechts. Nicht zur Kirche, die suche ich später auf. Rechts geht es weiter, an der Feuerwehr vorbei und dann endlich kommt die kleine Straße mit den zwei Spuren. Ich gehe flott, am frühen Morgen möchte ich wenigstens schon Zehntausend Schritte schaffen. Ein Pärchen mit Hund ist unterwegs, überhaupt gibt es viele Hunde. Ich glaube, ich habe noch nie so viele gesehen. Hat wohl mit der Pandemie zu tun. Oder ist es die größere Bereitschaft, sich durch Gehen und Laufen mit dem Hund gesund zu halten. Ich weiß nicht, aber ich freue mich, wenn die Leute mich grüßen. Fast alle sagen Moin. Die Jugendlichen sagen Hallo. Moin, ist was für die Alten und die Alteingesessenen. Der Weg geht schnurstracks auf eine Lichtung, von der aus das Meer schon zu sehen ist. Die frische Brise öffnet die Nasen. Durchatmen, bereits am Morgen. Am Strand, am Wasser, der leichte Wellenschlag. Es plätschert dahin und so kann sich der Tag einstimmen. Ich schaue aufs Meer, es sieht gut aus. Kein Segelboot, kein Schiff und keine Fähre.

Auf der Steilküste weht ein leichter Wind, die Schlehen hängen noch an den Büschen. Sie ziehen den Mund zusammen. Viele Vitamine. Das tut gut. Ein Walnussbaum lädt zum Öffnen der Nüsse ein. Die schwarze Schale muss weg, dann kommt die braune Nuss hervor. Ich knacke zwei gegeneinander. Die Nuss ist frisch, fast weiß. Herrlich wie sie schmeckt, noch nicht nussig.

Bald schon zeigt sich die Steilküste von ihrer besten Seite. Der Blick geht nach unten. Sind es zehn oder fünfzehn Meter. Mir ist das eh schon zu hoch und so lasse ich den Blick lieber in die Weite schweifen. Zwei Joggerinnen ziehen ihre Bahn. Sie sind schnell und schlank. Sie reden in einer Tour.

Vor mir der Reitplatz. Hier werden die Turniere geritten. Die lokalen Reiterinnen und Reiter springen oft auf die besten Plätze. Sie können auf den schön gelegenen Parcours üben und den Blick aufs Meer schweifen lassen, wenn sie vom Pferd absteigen. Die Kinder gehen nach Langholz zum Reiten. Dort überlassen die Pferde ihre Spuren im Sand. Mit dem Pferd am Meer. Muss genial sein. Ich kann nicht reiten, nicht mehr reiten. Früher ja, aber das ist lange her. Die Enkelkinder lieben die Pferde und das Reiten, bis sie 12 oder 13 Jahre alt sind, dann ist Schluss.

Auf dem Sportplatz kämpft wieder die erste Mannschaft. Sie kann punkten. Sie haben offenbar eine leistungsstarke Truppe. Die zweite

Mannschaft weiß sich ebenfalls gut zu schlagen. Wir gehen zur Vereinsversammlung. Der Trainer ist heute schlecht drauf, hatte die Mannschaft gerade einen Sieg verspielt. Nur ein Unentschieden. Aber alle anderen sind guter Laune. Am Tresen ist nicht viel los, die Leute trinken weniger. Meine Schwester wird mit einem großen Korb voller Geschenke geehrt. Sie ist stolz, sechzig Jahre Vereinsmitgliedschaft. Alle kennen sich, alle grüßen sich kurz mit Handschlag. Manch einer schimpft, ein anderer lobt den Sportsgeist. Die Altherrenmannschaft kickt auch noch. Nicht einmal im Winter ist Pause. Irgendwie ist im Verein wieder mehr los, seitdem die erste Mannschaft so gut spielt.

Der Weg zurück nach Hause ist nicht weit.

Im Dunkeln liegt die Kirche, ich werde morgen vorbeigehen, auf einer Bank sitzen und die Stille über mich ergehen lassen. Stille – doch es mischt sich die Musik in meine Gedanken. Bach. Ich höre die Kantaten, und schließ die Augen. Ich erinnere mich. Damals als ich zur Schule und mit den Eltern am Sonntag zur Kirche ging. Mutter konnte bis ins hohe Alter alle Lieder auswendig singen. Sie hatte keine Strophe vergessen. Ich hörte gerne ihre schöne Altstimme. Und ich summe bis heute mit. Die Musik in der Kirche hat mir gutgetan. Ich weile eine Zeitlang auf der hölzernen Bank und sehe die neu gestalteten Kirchenräume. Der Verein der Marienkirche hat in den letzten Jahren alles getan, um die Kirche zu renovieren. Sie erstrahlt nun in vollem Glanz und man kann sich sogar eine Kirchenführung online organisieren. Darüber freue ich mich. Aber die Kirchenbesucher werden immer weniger, nur Weihnachten und bei Taufen und Beerdigungen ist die Kirche voll.

Ich gehe zum Grab der Eltern. Stehe andächtig davor und bin ganz gerührt, dass die Enkelkinder Kastanien auf die Grabsteine gelegt haben. Eine schöne Sitte, haben sie von Hazel gelernt, sie legt Steine auf das Grab ihrer Eltern. So soll es bleiben. Im Wind fallen die Kastanien herunter. Überall liegen sie herum, sie gehören zum Friedhof wie das Leben. Der Friedhof ist gepflegt, aber immer mehr Gräber werden aufgegeben. Wir werden das Grab unserer Großeltern und Eltern bewahren. Sie sollen zu uns sprechen, wenn wir am Grab stehen.

Im Dorf ist fast nie jemand zu sehen. Alle fahren mit ihren Autos, manchmal hält einer an und sagt: „Moin, wie geit die dat denn, büsst du wedder dor?" Gerd hat immer eine Geschichte zu erzählen, er weiß vieles, sogar vom Ende der Leibeigenschaft. Er kann auch berichten, dass viele der Adligen immer noch auf ihr Vorrecht pochen und sich über das gemeine Volk stellen. So auch Karl.

Karl war ein Kumpel, er hatte Humor, er war freundlich, alles sehr positiv. Manchmal besuchte er den Friedhof. Er konnte auf die Menschen zugehen. Und er hatte anderes Blut in seinen Adern. Man sagt, es sei blau. Große Namen – von Bismarck, Merck, Geld- und Erbadel. Ein Klassenkamerad schrieb lapidar: Auf diversen Eckernförder Schulen lernte man den Schwansener Flachadel kennen. Wir, die anderen, waren Kinder von Küstern, Bauern, Arbeitern und Handwerkern. Doch unseren Stolz hatten wir. Wir unterwarfen uns nicht, aber wir fühlten uns unsicher, wenn die akademischen Eliten, der Geldadel und die Grundbesitzeradligen mit uns zusammentrafen. Das passierte nicht oft, aber gelegentlich kamen sie in die Kirche oder sie schauten an ihrem Wohnbesitz in den Dörfern vorbei. Wir schwiegen.

Wir stammten aus einer anderen Klasse, unser Bewusstsein war an die Scholle gebunden. Uns fehlten die Schlösser und das Land, der einzige Unterschied, oder? Aber seien wir nicht naiv. Wir blieben unter uns, nahmen unsere Wege, die so anders waren als die des Flachadels. Ihre Lebensgeschichten konnten wir nicht mehr verfolgen. Früher noch weniger als heute. Nah kommen wir ihnen nicht. Wenn sie unter uns waren, konnten wir sie riechen und ihre Einstecktücher blinken und ihre Pferde dampfen sehen. Wir schauten auf ihre Schuhe und wussten Bescheid. Wir waren mit ihrer distanzierenden Art nicht vertraut. Sie gaben uns die Hand, die sie von uns wegdrückten.

In der Ring- und Mühlenstraße sind die Häuser herausgeputzt, an vielen Stellen werden Häuser renoviert. Investitionen in die Zukunft. Das Dorf sieht immer gepflegter aus, und es gibt wieder viel mehr junge Menschen, denn es hat sich herumgesprochen, dass es guttut, in meinem Dorf zu wohnen. Das Meer ist nah, die Menschen sind nicht so aufdringlich, es gibt einen Kindergarten und eine Mittelpunktschule. Wer auf die weiterführenden Schulen möchte, muss den Bus nehmen. 6.35

oder 7.05 oder 7.35 Uhr. Jeden Morgen fährt der Bus pünktlich los. Es geht schnell bis nach Eckernförde und zurück ebenso. Ich erinnere mich an meine Schulzeit, jeden Morgen los, nachmittags zurück. Die Strecke war uneben, ich kann noch heute das Schaukeln des Busses spüren.

Am Abend gehe ich auf den Aschenberg. Wieder diese Stille, niemand zu sehen und zu hören, nur der Wind. Gelegentlich huscht ein Tier über die Straße, manchmal auch Rehe und Damwild. Sie sind überall zu sehen, sie laufen in Rudeln und manchmal stehen sie im Garten und stibitzen die Rosenblüten. Ich schaue auf die Pforte. Sie gibt den Weg frei zum Meer und schützt. Die Pforte ist zum Haltepunkt geworden. Ich glaube ich schaue pro Tag mehr als einhundertmal auf sie, habe gerade eine neue bekommen, die alte war nach fünfzig Jahren morsch geworden. Nun ist sie wieder glänzender Schutz vor der Landstraße. Noch einmal ein Blick aus dem Fenster. Die Nacht kommt, der Wind legt sich und die Gedanken konzentrieren sich auf das Innere.

So nah

Die schwarzen Wolken rasen über die Halbinsel, die Bäume ducken sich nach Nordost und versuchen dem Wind auszuweichen. In Hökholz lehnen wir uns an die schrägen Weißdornbüsche, Schlehen, Buchen und Eichen. Siegfried Lenz sagt, die Flensburger Förde sei eine langweilige Landschaft. Das trifft vielleicht auch für die Eckernförder Bucht zu. Aber es mag täuschen. Von oben sieht sie nämlich wie ein Gefäß mit vielen kleinen Seen, Hügeln und mäandernden Dörfern aus. Entdecken wir sie von unten.

Vom Haus aus sind es nur fünfzehn km nach Sieseby und sechs km nach Söby, eine Strecke, die ich immer wieder fahre, denn aus den beiden Dörfern kommen die Vorfahren mütterlicherseits. Ein Ururur-Vorvater war im 17. Jahrhundert sogar Küster und spielte die Orgel. Die weiße Kirche in Sieseby ist ein Monument des lutheranischen Kirchenbaus, während die Waabser Kirche viel älter ist. Sie hatte sich hier bereits im 14. Jahrhundert aufgestellt. Die Kirchen sind heute leer und die Kirchengemeinden reich. Sie besitzen Land und trotz ihres schwindenden Einflusses, ragen ihre Türme über alles Weltliche hinaus. Soll es so sein - *Jauchzet im Himmel* und von oben?

Söby macht Pause, das Haus der Großeltern verwaist. Eine Bank sucht nach Verweilenden. Doch das Tor ist verschlossen. Ich merke mir das Baujahr. Von Söby braucht man mit dem Fahrrad zwanzig Minuten nach Waabs und nach Sieseby nochmal vierzig Minuten, an Marienhof vorbei. *Helene Voigt-Diedrichs* wurde hier geboren und hat sich mit ihren Romanen vom bäuerlichen Leben ein Denkmal gesetzt, wie bspw. durch *Auf Marienhoff. Vom Leben und von der Wärme einer Mutter.*[i] Sie preist die ländliche Welt der Klein- und Großbauern, wo sie Ursprünglichkeit, Anstand und Moral verortet. Später ist dann alles dumm gelaufen, denn sie wurde auch ein Stern am braunen Himmel und Mitglied im Eutiner Dichterkreis. Ganz im Sinne der NS-Ideologie sollte hier eine Gemeinschaft von Schriftstellern entstehen, „die ihr Wort aus dem bluthaften und geistigen Erlebnis des norddeutschen Raumes schöpfen."

Hazel trat einen Schritt vor und rezitierte aus *Unterstrom*:

Wie Frühlingsgedanken linde
Durch wanderndes Träumen gleiten
Wälzen sich wispernd Maiwinde
Über grünschaukelnde Breiten.[ii]

Vom Meer aus, wenn man mit dem Schiff rausfährt, sieht die Landschaft wie eine Art Farbklecks aus. Übergestülpte Jahreszeiten. Im Winter verstecken wir uns und lassen die Welt draußen vor. Im Herbst der

Schwansener Indian Summer, im Sommer alles ockergelb bis braun, im Frühjahr das satte Grün, das Lindgrün der Linden, der Sauerampfer versteckt sich an der Seitenline, die Buchen sprießen rötlich und die Weidenkätzchen verlieren ihren gelblichen Staub. Im Mai gab es schon lange keine weiße Pracht mehr, der Klimawandel zeigte sein Gesicht schon seit mehr als vier Jahrzehnten. Wenn früher am 8. Mai – dem Tag der Befreiung für die Familie – noch der letzte Schnee auf die Felder fiel, konnte ein langer und warmer Sommer alle dunklen Tage vergessen machen. Am 1. September – dem Tag des Überfalls – verurteilten wir die Verbrecher, gedachten wir den Opfern des Holocaust und den Millionen Toten des deutschen Krieges gegen die Menschheit. Deutsches Genesenwesen.

Und wir gingen schließlich im Spätsommer auf die Felder, um die Ernte einzufahren. War sie gut, dankten wir am Erntedankfest dem Himmel, fiel sie schlecht aus, beteten wir nicht, sondern machten unsere Hausaufgaben. Gott nur bei uns, wenn er uns gnädig war. War Gott gegen uns, dann wussten wir, was wir zu tun hatten. Nachdenken, umsteuern und weniger Gottvertrauen. Irgendwie sind wir im hohen Norden doch auch wieder Wikinger.

Nehmen wir den Weg von Hohenstein, über Karlsminde nach Ludwigsburg und dann schließlich über Lehmberg nach Langholz. Vom Hohensteiner Strand aus könnte man leicht die andere Seite der Bucht fassen. Es ist zwar mehr als eine Handbreit, aber die andere Seite wirkt so nah. Man bräuchte nur eine gewisse Leichtigkeit, um über das Meer zu gehen. Aber wir blieben an Land, denn wir wissen allzu gut, dass das Meer Opfer fordert. Je weiter wir Richtung Norden gehen, umso weiter reicht der Blick. Die andere Landseite wird immer kleiner, was auch an unserer Seefähigkeit liegen kann. Langholz liegt schon weiter draußen, Krusendorf und Surendorf gegenüber. Im kalten Winter 1946 setzten wir uns auf die Kutsche und nahmen den Weg übers Meer. Und wieder zurück. Die Kinder folgten mit den Schlitten. Das wird vorerst nicht mehr möglich sein. Wir müssten ein Boot nehmen, um in den Genuss der anderen Seite zu kommen. Lassen wir sie, sie bietet auch keine Erlösung. Aber von Hökholz oder von Fischleger scheint die dänische Südsee fast zu sehen zu sein. Die Ostsee wirkt hier eher wie ein großes Meer, offen nach allen Seiten und verbunden mit Skandinavien. Viele wissen gar nicht, wie nah Ærø, Fünen und Langeland sind. Schaut man den Fähren nach Oslo oder Göteborg hinterher, so ahnen wir eine Welt da draußen, die sich mit uns verbunden fühlt und wir unsere Sehnsucht mit ihr. Manchmal wäre es schön, einfach raus zuschwimmen und die unsichtbare Grenze aufzulösen.

Die Seeseite macht unruhig. Deshalb suchen wir den Schutz hinter dem Strand, an den Hecken, die die Felder trennen und dem Wind etwas Kraft nehmen. In den Knicks Brombeerbüsche, Schlehen, Haselnuss, zwischendurch ein Walnussbaum oder eine Heckenrose. Hier hocken wir uns nieder, verstecken uns. Wir lassen niemanden an uns ran. Wir sind bereit zu schweigen und oftmals plappern wir aus uns heraus und machen uns unsichtbar. Aber wir haben keine geheime Agenda, nein. Wir sind nur bei uns, und jeder /jede weiß alles, nur die von außen nicht.

Hinter den Knicks haben wir uns damals in den Arbeitspausen hingesetzt und Buttermilch getrunken, in den schuligen Ecken. Dort wo wir den Vögeln lauschen konnten. Weg vom Wind, der hier keine Kraft mehr hatte. Wir sahen die Bienen, die Wespen, die Schmetterlinge und manch eine Feldmaus suchte das Weite, um im Knick ihren Schutz zu finden. Dann gings wieder an die Arbeit, Rübenhacken, Steine sammeln, die Ernte einbringen, Weizen, Rüben, Gerste und Roggen, die Kühe melken, die Haselnüsse von den Büschen holen, Pflügen, Eggen, alles einzelne Arbeitsschritte, noch keine Arbeitsteilung wie von Adam Smith beschrieben. Wir waren und sind Bauern, Kinder von Bauern. Darauf sind wir stolz, das macht uns stark, auch wenn unser Land irgendwann wegen zu geringer Größe entwertet wurde.

Heute gehen wir über die Felder, spielen den Furchenblues und überlegen, ob wir eine Windturbine aufstellen oder unser Land in eine Solarstromfabrik umwidmen. Wir sind in der modernen klimaneutralen Welt angekommen und sehnen uns nach dem Dorf-Rhythmus, der aus der Zeit gefallen ist. Vielleicht sollten wir einen Wald pflanzen.

Gegen Abend sucht der Wind das Weite. Die schwarzen Wolken sind verschwunden, es hat aufgehört zu regnen. Das Blau des Himmels schimmert durch. Manch ein Stern blitzt auf. Wir schließen die Türen.

Land

Es gibt kaum einen Tag, an dem ich nicht mit dem Fahrrad unterwegs bin. Der schönste Weg für eine Tour führt an Rothensande vorbei nach Ludwigsburg. Diese Strecke dürfte kaum zu toppen sein. Was damit zu tun hat, dass sich der Blick auf das Land so weiten kann. Immer wieder neue Aussichten. Bellevue. Über die Felder, die im Sommer die neue Ernte anzeigen. Im Herbst scheinen sie braun zu sein, rot-braun-gelb.

Und immer wieder Damwild, manchmal stehen die Tiere auf dem Feld. Sie äsen und wittern. Dann plötzlich, bei der kleinsten Bewegung, rasen sie davon – auf die nächste Anhöhe, drehen sich um und schauen auf die Beobachter. Es gibt große Gruppen von Damwild, mein Schwager hat 300 gesehen, und Klaus und ich 120, und gestern Nacht, als wir nach Hause zurückkehrten, standen im Schatten zwölf Rehe, dahinter nochmal eine kleinere Gruppe. Sie laufen nicht einmal weg, sie beobachten und bleiben. Die Gefahr wächst, in einen Unfall verwickelt zu werden, denn sie überqueren nicht nur einfach die Wege, es kann auch sein, sie kehren ohne Vorwarnung mitten auf der Straße um und überspringen oder durchspringen den Knick.

Strohballen stehen am Rand, sie sind mehr als zwei Meter hoch, wiegen sehr schwer, sie lassen sich nicht rollen. Viele der Ballen sind wie mit der Gartenschere geschnitten. Wenn sie in Plastikhüllen eingefasst werden, sind sie naturlos. Man kann nur ahnen, was innen drin enthalten ist. Manchmal sieht man auch aufgehäufte eckige Strohquader, sie sind ebenso akkurat zurechtgestutzt. Sie bleiben lange stehen. Sogar im Dezember verharren manche noch auf den Feldern.

Rübenecken sieht man seltener. Überhaupt spielt der Rübenanbau kaum noch eine Rolle, weil die wenigen Bauern eher keine Milchkühe und Schweine halten. Die Landwirte bauen Getreide an. Alles geht ins Korn. Die Fruchtfolge ist jedes Jahr anders, nicht mehr wie früher. In den alten Zeiten bauten die Bauern in dieser Gegend Roggen, Weizen, Gerste, Hafer und Rüben an. In den letzten Jahren haben viele Mais, Raps, Weizen, Roggen und Gerste produziert. Eine Folge der veränderten Subventionspolitik der EU. Manch ein Bauer schaut regelmäßig in die Homepages der Getreidebörsen. Wenn die Maispreise in Brasilien steigen, könnte es sinnvoll sein, auch Mais anzubauen. Oder auf Weizen zu setzen. Globalisierung ist bei den Bauern schon lange angekommen. Interventionspreis, gemeinsame Agrarpolitik der EU, Direktzahlung, Greening Prämie, Cross-Compliance – der Bauer als Landnerd. Meine Nachbarbauern verstehen die Agrarwelt, sie machen sich schlau, und bereits vor vielen Jahren haben sie begonnen, am PC die Getreidemärkte zu studieren.

Das Land wird einer großen Transformation unterworfen. Vor 100 Jahren bewirtschafteten viele kleine (mit einer Fläche oft geringer als 15 ha) und große Bauern (die sog. Hufner) und die Großgrundbesitzer das Land. Die Großgrundbesitzer besaßen im Jahr 1949 45% der Flächen auf Schwansen. Heute wohl noch mehr. Nach dem 2. Weltkrieg kaufte der Staat Land auf und vergab dies in einer Landreform an Vertriebene aus Pommern, Ostpreußen und Schlesien. Sie hatten ihr Land verloren. Im Dorf gibt es nicht mehr viele Bauern, eine Handvoll. Der Kleinbauer ist verschwunden, er verpachtet sein Land oder hat es verkauft. Nur wenige Mittelbauern können überleben. Auch Ökobauern müssen groß sein, um mithalten zu können. Eine Folge der Technisierung, des hohen Kapitaleinsatzes in der Landwirtschaft und der Abwanderung der Landarbeiter. Am einflussreichsten sind in der Gemeinde die Großgrundbesitzer mit ihren Gutshöfen. Sie nennen Flächen von mehr als 300 ha ihr Eigen. Manch einer besitzt mehr als 1000 ha. Dazu kommen immer mehr Kapitaleigner, die an den Kapitalmärkten viel Geld verdient haben. Sie kaufen Land auf und lassen es bewirtschaften. Ihnen geht es um die langfristige Anlage, denn Land wird knapp und so steigen die Preise. Sie sind mit dem Land und dem Landleben nicht vertraut. Sie agieren rein nach betriebswirtschaftlichen Kriterien. Ungleiche Besitz- und Mentalitätsverhältnisse.

Die Technisierung schreitet weiter voran. Die erfolgreichen (Mittel-) Bauern besitzen oft selbst keine großen Trecker und Landmaschinen mehr. Mit ihren eigenen Geräten bearbeiten sie die Böden, pflügen, eggen, säen und düngen. Aber sie lassen ihre Erntearbeit (Mähen, Dreschen) von Leihfirmen durchführen. Für sie ist die Anschaffung eines Mähdreschers viel zu teuer. Zur Ernte kommen die XXL-er: Riesige Erntemaschinen und tonnenschwere Trecker, hinter denen man sich wie eine Fliege vorkommt. Die heutigen großen Mähdrescher verfügen über mehr als 800 PS und arbeiten mit riesigen Schnittbreiten. Traktoren haben manchmal über 300 PS Leistung. Damit sich die Investition für Lohnunternehmer bezahlt macht, ist eine hohe Leistung der Maschinen elementar. Denn so kann in den Erntephasen viel Fläche in kurzer Zeit abgeerntet werden. Ziel ist es, effizienter und kostengünstiger zu arbeiten. Die XXL-er rasen über die Felder und durch die Dörfer und Feldwege, Traktoren mit monstergroßen Reifen walzen über die Erde und verdunkeln den Himmel für ein paar Stunden. Sie hinterlassen ihre Schleifspuren. In manchen Sommern der letzten Jahre war es so heiß, dass beim Ernten des Weizens eine ganze Landschaft vom Staub zugedeckt wurde. Weiße Zeit der Dürre. Oft sind sie mit Scheinwerfern bis in die späte Nacht unterwegs. Die Ernte muss schnell eingebracht werden. Im Nachbarort geht es dann weiter. Die hektische Zeit auf den Dörfern, so ähnlich wie in der Weinernte in der Pfalz oder im Kaiserstuhl. Nur fließen hier nicht Honig und Wein sondern Korn.

Die Landbesitzer oder diejenigen, die Land bebauen, haben gute Erträge, einerseits durch den Verkauf der Ernte und andererseits durch die Subventionen, die sich als eine sichere Einnahmequelle erweisen. Einige der Landeigner investieren in Windanlagen, dafür gibt es je nach Größe wohl ca. 45 Tsd.€ pro Jahr. Mit zwei Windturbinen lässt es sich nicht schlecht leben – plus EU-Transfers und Ernteerträge. Die großen Bauern haben die Zeitwenden erkannt.

Es gibt kaum noch Landarbeiter. Eine langfristige Entwicklung, die bereits in den 1930-er Jahren begann und nach dem 2. Weltkrieg mit der Entwicklung des Kohlebergbaus in eine neue Welle eintrat, als die Landarbeiter die Dörfer verließen.

Ich gehe durchs Dorf. Einer meiner Nachbarn hat seinen Hof schon längst verkauft. Er wollte nicht mehr Bauer sein, hat das Geld aber gut in die Renovierung des Anwesens gesteckt und vermietet nun einen Teil seiner Wohnungen an Feriengäste. So wie viele andere. Die Töchter und Söhne haben nicht mehr Bauer gelernt, sondern sind Handwerker oder Angestellte geworden. Sie arbeiten oft in Schwansener Betrieben. Bernd kennt den Begriff Nostalgie nicht. Wie auch die anderen nicht, die vor ihm und nach ihm ihr Land verkauft haben. „Früher war nichts besser".

Er erzählt die Geschichte vieler Bauernfamilien. Frauen und Männer sind um 5 Uhr morgens in den Stall gegangen, haben dort gemistet, gemolken und die Schweine und Hühner gefüttert. Tagsüber auf dem Feld, gepflügt, gesät, geeggt und geerntet. Bis in den Abend, bis es dunkel wurde. Tagaus tagein. Ohne Pause. Reparaturarbeiten, Kauf und Verkauf der Ernte, Hilfe beim Nachbarn, Verhandlungen mit Aufkäufern von Schweinen. In den Wintermonaten etwas Entspannung und manchmal eine Feier. Ich schaue mir die Fotos aus den 1950-er Jahren an. In den Wohnzimmern die großen klobigen Lampen, die Flaschen auf dem Tisch und die glasigen Augen. Ausgelassene Stimmung. So ging es vielen kleinen Bauern. Der Ertrag blieb gering. Manchmal besser, manchmal schlechter. Immer die Angst, dass die Ernte schlecht ausfallen könnte. Hundertmal zum Himmel geschaut, kommt Regen oder nicht. Man hoffte, dass die Kinder was lernten, in der Schule, in der Lehre und schließlich ein eigenes Auskommen hatten.

Der Verlust des Landes schmerzt. Nicht mehr selbständig als Wirt des Landes. Das geht vielen nahe, und die Erinnerungen kommen immer wieder zurück. Unser Dorf ist kein Bauerndorf mehr, das Landleben ist verändert, die soziale Schichtung vollkommen umgewandelt. Nur manchmal schauen wir etwas wehmütig auf die alten Zeiten.

Immer wieder werfe ich einen Blick auf die ehemaligen Bauernhöfe, moderne Fenster, neue Dächer, ansprechende Einrichtungen. Das Dorf hat sich verschönert und wirkt wie erneuert, und viele Menschen aus aller Welt, aus Afrika, Lateinamerika und Asien, fragen sich, wie es möglich ist, dass der Lebensstandard auf dem Dorf sich nicht wesentlich von dem der Stadt unterscheidet.

Wie in den Städten fehlen hier die Arbeitskräfte. Zwischenzeitlich gab es im Dorf keine Zeitungsausträger mehr. Zu geringer Lohn, zu schlechte Arbeitszeiten. Die Zeiten sind vorbei, wo die Dorfleute solche Jobs annahmen. Ein paar Monate lief ich zum Bäcker, um dort die Zeitung zu kaufen. Manch einer hat auf die lokale Zeitung verzichtet.

Kann einem warm ums Herz werden? Es sieht so aus, als ob die Zeit nicht aufzuhalten ist. Die Digitalisierung wird weitere Veränderungen für die Bauern und alle Bewohner und damit auch des Dorfes vorantreiben. Ob die Energie- und Ökowende auf dem Land als Chance erkannt wird? Wir könnten unseren Ministerpräsidenten fragen, schließlich kommt er aus Eckernförde und weiß um die großen Aufgaben. Das Dorf als Kulmination der großen Transformationen. Vielleicht bewahrheitet sich auch: alles muss sich ändern, um doch gleich zu bleiben.

Gesichter

Vom Aschenberg lässt sich die ganze Gegend einfassen. Im Hintergrund die Damper Festung. Ich mache mich auf den Weg nach Damp, verlasse mein Dorf für eine Weile und komme an St. Johannes Stift vorbei. Die Ansiedlung mit der kleinen Kirche und den Kleinsthäuschen. Ob die Bewohner im 17. Jahrhundert wirklich so winzig waren? Schade, dass einige der alten Häuser mit Butzenscheiben ausgestattet wurden. Ob sie gegen den Wind helfen? Jedenfalls mag ich sie nicht, aber alles soll ja Geschmackssache sein.

Nach kurzer Fahrradfahrt erreiche ich den Nachbarort. Damp hat zwei Gesichter, dabei möchte ich eigentlich nur das eine sehen. Aber das wäre rückwärtsgewandt. Das Gut Damp - ein wunderschöner Platz. Durch die Toreinfahrt hindurch. Das Gutshaus vor den Augen. Das Kuhhaus. Hier wurde mächtig modernisiert. Hochpreisige Ferienwohnungen. Nicht weit entfernt die kalten Wohnanlagen am Damper Strand, die Ansammlung von schlechten Restaurants und der Jachthafen. Kein schöner Anblick, aber die Kliniken sind wohl gut und so kann manch eine Hüfte hier professionell operiert werden. Und ein schöner Sandstrand lädt im Sommer zum Besuch ein. Drachen fliegen zum Himmel. Die Orkane haben den Jachthafen für eine lange Zeit zum Stillstand verdammt. Teure Zerstörungen.

Damp hat sogar einen noch abschreckenderen Monsterbruder – Olpenitz. Ein ehemaliger Marinestützpunkt wurde aufgepeppt. Hunderte von Ferienhäusern und -wohnungen verschandeln die Schleimündung. Zugleich ein Sanierungsfall. Anbieter gingen bankrott und hinterlassen Ruinen. Hoffentlich halten wir Stand in unserem Dorf.

Lassen wir Olpenitz weit hinter uns und machen wir uns auf den Weg zurück. An Schönhagen, Schwansener See und Fischleger vorbei, wunderschön, der grau-blaue Blick in die weite Ostsee. Wenn hier der

Wind steif weht, dann sollte man sich gut festhalten. Hazel ist dabei, so kann nichts schief gehen. Mit dem Fahrrad lässt es sich leicht bis Booknis, Waabshof etc. fahren. Hoch und runter auf dem schmalen Weg. Flott durch die Maifelder. Nichts ist hier flach, auch wenn viele fälschlicherweise so denken. Sie kennen die Landschaft wohl nicht. Sie ist hügelig, kleine Erhebungen. Aber hoch sind die Anhöhen wirklich nicht. Unser Hausberg, der Aschenberg, schafft immerhin 42m, sozusagen ein Nichts für die Alpinen. Doch jogge den Weg zehnmal hin und zurück – oder auch nur dreimal -, ich meine wirklich laufen, dann merkst du die Anhöhe in den Beinen. Gut zu Fuß sein musst du hier sowieso, um alle Wege als Facetten des Lebens mitzubekommen.

Alle sprechen und schreiben über das Landleben. Manch einer sagt sogar, die Berichte seien voller Klischees. Immer ein bisschen die süffisante Lippe. So wie Dörte Hansen, aber Geschichten erzählen kann sie. Mit meinem Dorf hat sie nichts zu tun. Was da nicht alles formuliert wurde: Vom Ursprünglichen, von den Dialekten, von der Blaskapelle, von der Bauernidylle oder manchmal auch von der Verschandelung der Landschaft. Alle Kategorien werden abgerufen. Auf jeden Fall Provinz, da ist sich ein Teil der städtischen Gesellschaft einig. Alles wird in einen Topf geworfen. Immer noch wird behauptet, das Dörfliche seien die Bauern, dabei gibt es kaum noch welche. Lassen wir diese Degenerierungsfantasien. Das Land als Gegensatz zur Stadt. Pustekuchen. Sie zeigen nur, dass etliche Städter nichts verstehen. Leider bedienen etliche Bildbände mit Kurztexten und das Tourismusmarketing auch die Klischees, um die Gäste in die Ferienwohnungen zu bugsieren und ihnen lokale Produkte anzudienen.

Wenn wir uns die Zeitläufte an unserer Küste anschauen, hilft ein Blick zurück, um zu verstehen, wie sich das Dorf über die Jahrhunderte verändert hat. Vor über 100 Jahren gab es unsere Siedlung im Kern schon. Die Mühlenstraße zog sich durch das Dorf, an ihren Seiten positionierten sich die Häuser. Von uns aus sehen wir den leicht abschüssigen Weg. Wir erkennen Elsas und Heines Haus, die Bäckerei, das Anwesen des Malermeisters. Ein zwei Katen, Schlichthäuser für die Armen, die inzwischen modernisiert wurden. Neue Zeit. Ganz am Ende die Meierei. Als Produktionsstätte für Käse, Butter und Milch ist sie verschwunden, aber das Gebäude steht noch an der Gabelung. Nach der Schließung der Meierei wurde die Milch von den Bauern abgeholt und nach Kappeln gebracht. Die alten Molkereien waren zu Abholstationen degradiert worden. Heute fährt kaum noch ein Milchtransporter durch die Gegend.

Kleinwaabs um 1900

Unser Haus am Rande des Dorfes wurde 1875 gebaut. Es steht bis heute auf Feldsteinen. Alles ist auf Stein gebaut, gemauert. Innen drinnen war es im Winter kalt, feucht und unangenehm. Wir kuschelten uns mit Decken aneinander in der Wohnstube. Der Kamin verteilte die Wärme. Auf dem Dachboden war es eiskalt, und wir legten uns mit im Ofen erhitzten Ziegelsteinen – umwickelt mit Zeitungspapier - und mit dicken Daunendecken ins Bett. Im Sommer alle Fenster geöffnet, frische Luft hinein. Der Frühlingswind weht den Winter fort. Im September feiern wir die schönsten Tage. Nach den Herbststürmen müssen wir uns auf lange Nächte, Dunkelheit, Nebel, Regen und manchmal schwere Schneestürme einstellen. Damals – vor 50 Jahren jedenfalls, heute sind die Schmuddeltage angesagt, halb Regen, halb Nebel, kein Winter. Nur der böige Wind pustet uns manchmal weg.

Vergessen

Hökholz ist der Ort, bei dem man leicht ins Träumen geraten kann. Nicht wegen der vielen Steine am Strand, sondern weil sich von hier die Weite des Meeres erschließt und sich zugleich die schlechten Launen vergessen lassen. Den Weg hinauf, ganz langsam, gegen den Wind. Geh einfach weiter. Oben bläst dir der Orkan ins Gesicht. 39 km/Stunde Geschwindigkeit. Windstärke 5. Noch ein paar Schritte, dann mit dem Luftschwall fliegen, der Wind trägt dich davon. Der Orkan scheint uns wegzustoßen, doch wir halten gerade noch die Stellung. War da nicht was, der fliegende Robert? Oben angekommen, schützt der Knick vor der scharfen Kälte des Windes. Klettere die Steilküste herunter und gehe ans Wasser, dort ist es plötzlich ganz still. Der Wind lässt seine Kraft auf den Feldern und kleinen Hügeln. Im Sand die Spuren, von Hunden und Pärchen, die hier nach Steinen suchen, ditschen oder einfach Arm in Arm über die Steine und den Sand gehen. Ike kommt mit ihrem kleinen Hund vorbei. „Was für ein Platz hier", sagt sie. „Bloß nicht weitersagen!" Wir lachen uns an und morgen könnten wir uns wiedertreffen.

Wir kehren nochmal um, der Sturm kommt von vorne. Wir sind schon ein wenig müde, wollen aber unbedingt den Weg nach Waabshof über den kleinen Pfad nehmen. Ror umfasst meine Schulter. Wir gehen den schmalen Fußweg entlang. Vor uns Wiesen und ein paar Bäume. Viel Wald gibt es nicht in der Gemeinde. Was heißt schon viel Wald. Das Land ist fruchtbar, und Ror und ich sehen den Wald, der eine bräunliche Färbung hat. Klimaschäden. Wir gehen weiter und biegen in eine kleine Schneise ein. Es ist ein grünheller Tag, wir hören die Vögel. Ror schweigt. Er bleibt still. So als habe er seine Stimme verloren. Wir gehen den schmalen Pfad von Booknis weiter. Booknis bedeutet *mit Buchen bewachsener Landvorsprung.* Genauso fühlt es sich an. Plötzlich öffnet sich der Himmel, die Wolken haben sich verschoben. Das Blau, das Türkis des Meeres. Wir biegen ab, gehen ein paar Schritte weiter und halten inne. Ohne Worte schlendern wir an der Steilküste entlang und bleiben in Mehrkohl stehen. Wir schauen hinaus aufs Meer. Ich spreche weiter. An dieser Stelle ist es passiert. Hier haben wir etwas über Jahrzehnte verschwiegen, jetzt ist es an die Oberfläche gespült worden. Hier kamen sie an. In Waabshof, in unserer Gemeinde.

Ror rezitiert auswendig:[iii]

Eine fast vollständige Schilderung des Zustandes in ich glaube Waabs

Ein Mann, dessen Namen ich zum Glück vergessen habe, kam auf mich zu und sagte etwas, das ich zum Glück vergessen habe. Es war in einer Stadt, deren Name mir entfallen ist, an einem Tag, an den ich mich nicht erinnere, oder an einem Abend, an den ich mich nicht erinnere. Über das Wetter kann ich nichts sagen. Ich kann auch nicht sagen, was später geschah. Ich weiß nichts vom Anfang und noch weniger vom Ende. Ich habe aber bemerkt, daß ich niemals in meinem Leben etwas auch nur annähernd so Gefährliches erlebt habe wie in diesem Moment. Aber das habe ich vergessen.

Wir versuchen die Bilder zu erinnern. Es fällt schwer aus der Entfernung. Wir kennen nur den Ort, der so viele Geschichten in sich birgt. Verschollenes, Vergessenes. Dieser Ort wurde aus dem Gedächtnis vertrieben. Kein Erinnerungsstein, kein Hinweis, was hier geschah. Uns kommt der Name Hanni Krispin in den Sinn, eine deutsche Jüdin, geboren am 23. März 1924 in Memel, im früheren Ostpreußen. Im Dezember 1938 wurde sie von den Nazis ins Ghetto Kaunas verschleppt. Am 14. Juli 1944 deportierte die SS sie ins Konzentrationslager Stutthof bei Danzig. Zwei Wochen vor dem Ende der nationalsozialistischen Herrschaft in Deutschland räumten die SS-Aufseher das KZ. Hanni Krispin und ihre schwer kranke Mutter wurden im Hafen von Hela auf ein Tankschiff getrieben. Von dort aus konnten sie auf einem Schiff den Weg in die Freiheit nehmen. Die britische Luftwaffe hatte Geheimdienstinformationen gesammelt, wonach sich an Bord der Schiffe deutsche Offiziere befanden. Aber die Informationen waren falsch. Die Bomben trafen am 3. Mai 1945 acht Schiffe mit mehr als 10.000 Menschen, die meisten von ihnen waren ehemalige KZ-Häftlinge. Am 4. Mai 1945 strandete bei Bookniseck ein Marinefährprahm mit überwiegend weiblichen KZ-Häftlingen. Der bei Bookniseck aufgelaufene Prahm wurde ständig von Flugzeugen attackiert. Getötete Personen wurden von der SS einfach über Bord geworfen. Der Prahm erhielt auch Einschüsse, so dass Wasser in den Schiffsrumpf eindrang und dieser nicht direkt auf dem Strand, sondern etwa 50 – 100 m davon entfernt, aufsetzte. Etwa 100 KZ-Häftlinge sowie das Personal der Kriegsmarine und das Wachpersonal der SS waren an Bord. Die SS-Schergen flohen. Die meisten Jüdinnen waren typhuskrank und wahrscheinlich zu medizinischen Versuchen missbraucht worden. Dieter Prüß, ehemals Bürgermeister von Waabs, berichtet, wie es den Frauen danach ergangen ist: „Die Jüdinnen sind von Bord gebracht worden und dann auf den Hof Booknis."[iv]

Weil die Frauen verletzt oder sehr geschwächt waren, fuhr der Gutsbesitzer Graf Oskar Moltke-Kirsten sie mit einem Trecker von Booknis nach Kappeln zum Krankenhaus. Wer auch immer entschied – Ärzte oder der Nazi-Kommandeur –, die Menschen wurden medizinisch nicht versorgt. Juden – keine Menschen. Auf der Rückfahrt nach Waabs starben sechs von ihnen. Zweimal 17 km auf dem Anhänger und dann ins Eckernförder Krankenhaus nochmal 18 Kilometer. Die dortigen Ärzte behandelten die geschwächten Menschen, doch starben noch 16 weitere Jüdinnen. Nur zwölf Frauen überlebten, unter ihnen Hanna Krispin. Auf dem Eckernförder Mühlenberg-Friedhof erinnert ein großer Gedenkstein mit 22 Namen und Davidstern an die Verstorbenen.

Ror verschlägt es die Sprache, er kann es nicht fassen. Wir stehen am Strand und schauen aufs Meer. Nur wer kundig ist, kann etwas erkennen. Der Panzerfährprahm wurde 1950 teilweise abgewrackt. Eisenteile des Wrackes verblieben im Wasser. Ein Bagger hob zwanzig Meter vom Ufer entfernt eine rund 750 kg schwere Klappe des Landungsbootes und zwei Acht-Zentimeter-Flakgranaten mit je 800 Gramm gefährlichem Sprengstoff an den Strand. Die Wrackstelle wurde nach den Regeln der Seeschifffahrtsordnung durch gelbe Stangen mit einem liegenden Dreieck gekennzeichnet. Wir stehen unweit der Stelle im Wasser bei Bookniseck und sehen die Markierung. Sperrgebiet. Die meisten Urlauber und auch die Dorfbewohner kennen die Seeschifffahrtszeichen nicht. Hier war die Unglücksstelle, der Militärprahm wurde endgültig erst im Jahr 1989 geborgen.[v] Im Wasser liegen noch Flakgranaten.

Wir wandern zurück ins Dorf. Es dauert lange, weil wir immer wieder stumm stehenbleiben. Aber wir vergessen nicht. Wir fragen uns, weshalb es noch immer keinen Gedenkort der Naziverbrechen und für die Überlebenden in der Gemeinde gibt. Wir würden gerne wissen, wer die Verantwortlichen in Kappeln waren. Jene, die die Behandlung abgelehnt haben. Unterlassene Hilfeleistung. Vier Tage vor Kriegsende. Wird die

Geschichtsschreibung Kappelns die Schandtaten jemals aufarbeiten und erinnern?

Sturm

Der Wind fegt übers Land. 39km am frühen Morgen um 5 Uhr. Vom Westen kommend. Er schwebt nicht – er strömt über uns her. So stark – als ob wir bald fortfliegen würden. Ein paar Stunden später – 28 km, er hat sich etwas beruhigt, doch er bringt Regen mit. Wenn du aus dem Schutz der Knicks rauskommst, dann kann Wind ganz schön zusetzen. Meine Nachbarin sagt, sie müsse sich ein paar Kilo in die Hosentaschen stecken, damit der Wind sie nicht wegträgt. In den letzten Wochen hat es viel geregnet. Einige meinen, es schütte ununterbrochen. Doch der Wind fährt runter und so muss ich meinen Flug in die Höhen auf Morgen verschieben. Immer wieder kommen die dicken schwarzen Wolken und dann regnet es doch nicht. Sie ziehen über dich hinweg und kommen manchmal erst später zum Erguss. Nach dem Regen stehen überall die Pfützen, sie sind Sinnbild der nordischen Regenzeit. Die Leute meinen, es gibt kein Wetter, es gibt nur die richtige Kleidung. Ich weiß nicht, ob es stimmt, aber gute Kleidung ist angesagt.

Der Wind treibt die Luft über die Felder. Am Steilhang erkennst du die Kraft besonders gut. Und das Meer jault auf. Die Gischt schießt hoch, die Wellen brechen, immer aufs Neue und bei anhaltendem Sturm werden sie allmählich immer stärker und stoßen bis an die Steilküste. Wieder gehen Meter von Land verloren. Brauner Boden ergießt sich in die Fluten. Und am Ende bleiben die Steine am Strand liegen. Dieses Jahr war der Orkan so mächtig, dass er ganze Teile der Steilküste aufriss, unterspülte und Tonnen von Lehm und Geröll ins Meer zog. Die Steilküste brach ab, Wege versanken in den Fluten. Ackerflächen verschwanden, Campingplätze überfluteten. Der Wind und die Wellen trugen Bäume davon. Die Natur schlug gnadenlos zu. Naturgewalt. Nach dem Sturm verzweifelte Stille. Wir gehen in uns.

Nun ist wieder alles voller Steine, die den Sand unter sich begraben. Nur an manchen Stellen hat der Sand seinen Platz gefunden. Als Sturm-, Stein- und Steilküstenort könnte man mein Dorf bezeichnen. Nach den Winterstürmen bleiben die Steine am Strand liegen. Die Kurgäste des

Sommers und die Dorfbewohner müssen über sie ins Wasser jonglieren, um schwimmen zu können. Das ist mühsam und so manch einer hat sich schon Schürfungen zugezogen. Strand mit Steinen, eine besondere Spezialität unserer Gegend. Anders als auf Sylt oder in Eckernförde, wo fleißige Hände den Sand abladen, um feinen Sandstrand für die Urlauber bereit zu halten. Im Dorf gibt es dafür keine Mittel und so muss man sich den Weg ins Wasser selbst freilegen. Tun die Leute auch und so können alle in Ruhe tauchen und baden und auf der ersten Sandbank stehen. Dort hat man komischerweise wieder Sand unter den Füßen. Und den Blick auf die Steilküste. Kurz zum Himmel schauen, immer wieder, eine Melodie pfeifen, um den Wind zu beruhigen. So kannst du am besten die Stimmungen des launigen Wetters erkennen. Eigenartige Natur. Auf dem Steilküstenweg tritt der Wind seinen Rückzug an, er bleibt still. Sturm und Stille – Jochen weiß, wovon ich spreche. Die Stille legt sich über das Land wie ein luftiger Schleier. Wir gehen hinter den Knicks und freuen uns auf die Wärme nach dem Sturm. Jetzt können die Pudelmützen abgenommen werden. Erleichterung. Bis zum nächsten Sturm.

Der Sturm hat Kisten mit Waffen und Munition aus dem Lehm der Steilküste zwischen Hökholz und Hohenstein freigespült. Merkwürdige Funde, die sich wohl niemals aufklären lassen. Ein bitteres Erbe aus den letzten Tagen des Zweiten Weltkrieges. Es heißt, auf dem Meeresgrund lagern mehr als eine Million Tonnen Munition, Bomben, Giftgas und andere Waffen. Eine vor sich hindämmernde Gefahr. Taucher entdecken immer wieder neue Funde. Long weiß davon ein Lied zu singen. In der Ostsee tickt eine Zeitbombe, direkt vor unserer Haustür.

Wiede Sicht

Ich bat die weiße Pforte, sie möge mich nicht fortgehen lassen. Sie will immer alle Einzelheiten wissen. Was kann das Meer tun, wenn du nicht an die Seele des Meeres glaubst. Sechs Zoll große Erinnerung. Ich wollte den Faden der Vergangenheit wieder knüpfen. Doch es gelang mir nicht. Immer wieder fehlten Teile, Erinnerungsstücke. Ich lauschte Marys Erzählungen. Von der Arbeit, von der Literatur, von der Lyrik und der täglichen Zigarette. Eine am Tag. Sie holte das Fernglas heraus und zeigt mit dem Finger gen Norden. „Da drüben in Dänemark wäre es besser gewesen". Hier zu viel Niedertracht und Angst. Angst essen Seele auf.

Alles verharrt in vagen Vermutungen und Zumutungen. Wie kann man damit leben, die Erinnerungen zu vergessen. Manches bleibt, auch das Verzeihen ist möglich, aber wie weit will man gehen? Vielleicht wird ein Schulkamerad mir nie verzeihen, dass ich seine Geschichtsklitterung aufspürte. Ich wollte nicht, dass die alten braunen Geschichten der Familie reingewaschen werden. So auch die Pommernsaga. Sogar die war wie ein Zuckerguss. Denn ich schaue in die Pommernzeitung, in der bis in die 1970-er Jahre noch das alte Feindbild gepflegt und die Rückkehr in die alte Heimat (drei geteilt niemals) propagiert wurde. Die im Dorf nun nachfolgenden Generationen der Geflüchteten kennen diese Geschichten vielleicht nicht mehr. Wie sollten sie auch, denn niemand erzählt wie früher. Wir vertrauen unseren eigenen Geschichten weniger als Google. Der Kamerad wird mir nicht verzeihen, er wird sich gegen die Wahrheit aufbäumen. Aber er soll kein Dieb des Schönsten werden – der Menschlichkeit. Wir lassen uns unsere Kenntnisse der Verbrechen gegen die Menschlichkeit, unsere Erinnerung, die er missbraucht hat, nicht relativieren.

Ich kehre zum Glanz des Vollmondes zurück. Die Wolken verdecken den Himmel. Das Dorf liegt still, fast alles ist dunkel. Wenn die Kirchglocke leise läutet, schaue ich zum Turm und sehe ihn im Nebel. Die Ziegelsteinkirche ist angestrahlt, und sie gibt mir ein bisschen Sicherheit in den dunklen Tagen. Scheint die Sonne im Sommer und sind die Tage länger, dann verschwimmen ihre Konturen und der Vollmond schaut in alle Winkel und kann manchmal Wahrheiten hervorzaubern. Welchen Wahrheiten müssen wir uns stellen. Verbergen – ich wollte nicht verbergen und so kommen die Erinnerungen hoch. Darf ich das alles schreiben?

So sehr man auch die Worte hin und her wendet, man kommt immer wieder auf die gleichen Geschichten zurück, denn sie haben sich bei uns eingebrannt. Und auch anderes sollten wir hervorholen, denn wir wollen nicht vergessen. Wir wollen genau wissen. Denn alles Nicht-Wissen verkleistert unsere Wahrnehmung. Wer nicht weiß, versteht nichts. Wir mögen vieles nicht hören, zu aufwühlend, zu viel Leid und Tod. Das kann schmerzhaft sein. Wissen kann hervorzaubern und auch Unruhe schaffen. Deshalb lieben viele das Nicht-Wissen. Präventivwirkung des

Nicht-Wissens. Aber wir nicht. Holen wir die Dinge aus der Versenkung, auch wenn sie uns nicht gefallen. Zumal es so viele liebenswerte Ereignisse hervorzukehren gilt.

Das gilt für unsere alte und neuere Dorfgeschichte. Holen wir auch jene aus der Versenkung, die im Schatten standen und keine Erzähler hatten. Es gibt einige, die sich nicht nach vorne drängelten, die es satthatten, den Parolen zu folgen. Die sich zu benehmen wussten. So sollten wir an Hannes erinnern, wir sollten seine Geschichte und seine Malerei nicht dem Vergessen anheimfallen lassen. Holen wir ihn aus der Erinnerung hervor. Schauen wir seine Bilder wieder an, schreiben wir seine Geschichte. Er lebte im Schlichthaus. Dort fanden die Armen eine Bleibe.

Hannes stand krummgebeugt vor seinem Schuppen. Er hatte seine Karre mit Pinseln, Farben und Spachteln vollgepackt. Geld verdienen. Er wollte sich gerade auf den Weg machen, als seine Frau zu ihm sagte: „Go mal to Theo röver. He will wat von di. Ick glööv du schasst em en Bild moolen". Hannes überquerte die Straße und klopfte beim Nachbarn an. 110 m Weg, nicht mehr.

Hannes sagte zu Theo: „Ick waar die wat von dat Meer moolen. Nich vöörnweg de Poort und dat Huus, sonnern de wiete Sicht. Du weetst, wie hebt dat in üns, loot mie dat mooken".

Wir behalten seine Worte im Ohr: „Mook ick".

So ist das mit manch einem. Er soll nicht vergessen werden, viele seiner Bilder hängen in den Wohnungen seiner ehemaligen Nachbarn, auch bei uns. Hannes Rander war Maler, Anstreicher, aber er liebte die Malerei. Hier ist eines seiner Bilder.

Hannes Rander: Wiede Sicht

Dixie

Auf dem Weg von Hemmelmark, Hohenstein über Karlsminde, Lemberg und Langholz lohnt es sich, Steine in der Hand zu schmiegen und zu streicheln, Muscheln zu sammeln und sich dem Träumen hinzubegeben. Am Strand von Hohenstein saß auch Marix, sie hatte sich auf die Suche gemacht und war schließlich fündig geworden. Im Ludwigsburger Schloss hatte sie die lange verschollene Tapete entdeckt, die sich dort über einen langen Zeitraum versteckt hatte. Marix wusste um die Bedeutung der Tapete, die sich mit ihrem Leben verband. Aber diese Geschichte erzählen wir später.

Marix machte sich auf den Weg, sie nahm sich viel Zeit, es war heiß in diesem Sommer. Das Gras war schon braun geworden, die Disteln waren trocken und hart. In der Hitze schweiften ihre Gedanken ab. Die Luft flirrte, kein Laut nirgends. Sie war allein und wollte heute durch direkt hinter dem Strand liegenden kleinen schmalen Gürtel von Bäumen, die den seeseitigen Wind zum Erliegen brachten, streifen. Hier gab es immer etwas Neues zu entdecken. Doch heute sollten sich außer ein paar Kaninchen, die es sich in der Wärme gut gehen ließen, keine weiteren Tiere blicken lassen. Niemand begegnete ihr, aber ihr war nicht bange.

Sie sah die kleine Bauwagenkolonie, die sich leicht an den Strand schmiegte und sie hörte Musik. Sie dachte: Bei der Strandräuber Spelunke scheint es etwas anders zu sein. Langsam schritt sie auf eine Art Thingplatz zu, in der Ecke hatten sich die *Borby Dixies* aufgestellt und spielten ihre New Orleans Stücke. Die Familien wippten im Takt mit. Die Musik schmiegte die Menschen zusammen, einige tanzten zu *Ice Cream* oder Benny Goodman *Dont be that way*. Wir waren miteinander. Eine andere, fast versunkene Welt. Die Sängerin holte aus. Wo kann man heute noch ein Banjo hören. Oder Billie Holidays *Strange Fruit*. Oder Lonny Donegans Skiffle Musik. Unsere Langholzer Freunde wippen mit den Füßen und schauen sich an: „Wir holen uns einen Raum zurück. Wir machen den ganzen Kram mit immer mehr SUVs, den teuren Läden und den Angebern mit ihren Jachten nicht mehr mit". Klaus weiß, wovon er spricht.

Die Boote recken sich zum Wasser. Und wieder die Steine, die keine Geschichten zu erzählen haben. So war unser Sommer. Marix setzte sich in den Sand und notierte ihre Ideen in ein Notizbuch. Irgendwann würde sie ihre Geschichten schreiben. Von der Tapete und wie sie wiederentdeckt wurde, wie sie Jean kennengelernt hatte und wie sie den Spuren der Vergangenheit folgten.

Die Bauwagenkolonie steht verwaist herum. Kiosk geschlossen. Es ist Winter. Kein Wind weht, die Bauwagen wirken so, als bräuchten sie den Winterschlaf. Schnee, Eisregen und manchmal schüttet es aus Kübeln. Spätestens Ostern sind alle wieder da und die Musik auch.

An anderer Stelle eine andere Welt, die Campingplätze alter Art, Tausende Besucher im Sommer. Campingplätze scheinen langweilig zu sein. Von außen gesehen jedenfalls eine Ansammlung von Campingbussen, Wohnmobilen, Zelten, Essplätzen, Grillvorrichtungen, Duschen, kleinen Supermärkten, markierten Flächen. Kaffeetassen auf den Tischen, Kinder wuseln herum, Männer gehen mit Hunden, Frauen joggen, Flaggen wehen an Fahnenmasten, Autos stehen dazwischen. Anregende Unruhe gepaart mit entspannender Faulheit. Familien kennen sich, wir sind unter uns.

Die Ferienhäuser sind voll und auf den Campingplätzen herrscht beschauliche Freude. Am Ende des Sommers leeren sich die Dörfer. Man ist froh, dass die Städter aufs Land kommen, um ein paar Tage in die Lüfte zu fliegen, zu tauchen, schwimmen, die Seele baumeln lassen und auf den Steinen am Strand zu jonglieren. Eine Freundin sagte lapidar: „Ich würde hier ja völlig verblöden, hätte ich die Feriengäste nicht". Aber es ist gut, wenn sie wieder weg sind. Nur ein paar bleiben auch in den kalten Monaten.

Wir gehen wieder an den Strand. Vor kurzem gab es eine kleine Strandbar direkt am Wasser. Nette Leute, hatten Erfahrung, wussten was die Gäste wollten. Fischbrötchen und Currywurst. Dazu noch andere Leckereien. Nach nur einem Jahr mussten sie wieder verschwinden. Jetzt ist dort Schmalhans angesagt, ein dürrer Kiosk ist für das Wohl zuständig. Nur, warum sollte man dort verweilen. Lieber erstmal in die Fluten und dann ab nach Langholz zu Eddie – ach nein, ist ja jetzt Da Gianluca. Da kann man sitzen, Kaffee trinken und den Tag ausklingen lassen. Marix ließ sich auf einem der großen Steine nieder und entspannte ihre Glieder. Sie hatte alles notiert und musste an Jean denken.

Am Waabser Steinstrand, ca. 1932

Die Sonne verschwindet hinter den kleinen Wäldern, auf der anderen Seite der Förde sehen wir noch die Sonnenstrahlen. Später blinzeln die Lichter auf dem grauen Wasser. Wir bleiben bis zum frühen Morgen im warmen Sand, wir hängen ab. Chillen. So wie früher immer und jetzt nur noch einmal im Jahr. Martin, Pea, Anja und Andreas sind dabei. Wir kennen alle und tauschen Erinnerungen aus. „Damals als wir noch keine Kinder hatten, haben wir viele Sommer am Strand zugebracht und Freundschaften für das Leben geschlossen." Wie unsere Eltern, die damals in ihren Ganzheitsbadeanzügen am Wasser saßen und sich die Geschichten der Nacht erzählten. Irgendwie ändert sich alles und bleibt doch gleich.

Rauschen

Wenn man aufs Meer schaut, dann ist alles weit. Aber was heißt schon Meer. Mit der Nordsee verglichen, ist die Ostsee eher wie eine große Badewanne, die bei Sturm überschwappt und dann die Erde von der Steilküste reißt. Manchmal spült sie Sand und Lehm hoch, und mehr als oft Steine.

Manchmal denke ich, in meinem Dorf ginge es nur um die See. Zwischen Karlsminde und Bookniseck erkennst du nicht, dass wir auf einer

Halbinsel leben. Wir sehen einfach nur auf das Meer. Aber – nichts ist falscher als das. Vom Aschenberg kann man die Weite des Meeres erkennen. Natürlich, das Wasser ist nah, manch ein Haus liegt direkt am Strand. Alles dehnt sich aus, aber unten am Ende der Allee in Richtung Hülsenhain scheint die See ganz weit weg.

Du siehst nichts vom Wasser, wenn du in Glasholz bist. Du schlenderst an den wenigen Häusern vorbei, bei der Gabelung nach rechts. Hatte hier früher nicht Nadine gewohnt? Hazel, du erinnerst dich an den Kochkurs, oder? Brot und Pizza backen. Der Weg führt immer weiter zum Moor, nach Russland, in der Gemeinde Holzdorf, angrenzend an Waabs. Russland oder Rußland, wer weiß schon, woher der Name kommt. Viele wissen es nicht. Einige sagen: Der Name stamme aus der Zeit vor dem 1. Weltkrieg. Ein Käufer eines Hauses direkt am Moor hieß Johann Niclas Rippart. Er hatte die russische Insel Ösel verlassen. Die Nachbarn nannten die Kate fortan Russland und so blieb der Name. Ich erinnere nur, dass die dort lebenden Bauern im Sommer Bickbeeren in großen Körben vorbeibrachten, wunderbar. Direkt aus dem Moorgebiet. Eine Welt jenseits unseres Radius.

Ich weiß, wo das Moor beginnt und wohin der Wald sich streckt. Stundenlang kann man hier die Natur und die Tiere beobachten. Eine andere Welt. Als Kinder hatten wir Angst, und ich glaube auch die Alten. Denn, wie sagte Hazel so treffend: Trifft ein Wolf einen Menschen, sagt der Wolf: „Ah, ein Wolf". Trifft ein Mensch einen anderen im tiefen Wald, erschrickt er und flüchtet. „Oh, ein Mörder."

Im Großen Moor Rußland versteckt sich ein Hügelgrab. Wahrscheinlich haben viele es noch nicht gesehen. Aber es lohnt, dort zu verweilen und innezuhalten. Im tiefen Wald kann die Stille den letzten Gedanken rauben. Doch irgendwo raschelt immer etwas, und dann gibt es Stellen, die gefährlich sind. Menschen sind im Moor versunken und niemand hat sie je gefunden. Vielleicht im nächsten Jahrtausend, wenn alles vertrocknet und verdorrt ist. Apokalypse. Dürre, Elend, Verzweiflung. „Die Straße" von Cormack McCarthy lässt grüßen.

Von Hülsenhain bis nach Großwaabs verdecken Knicks und die kleinen Anhöhen den Blick auf das Meer. Man wähnt sich bei gutem Wetter beinahe in der Toskana, das sagte mir mein Freund Christian, als wir mit dem Rad unsere Tour de Schwansen machten. Wir standen an den Brombeerhecken und erfreuten uns an dem frischen Geschmack. Er konnte es kaum glauben. Nur einen Unterschied gibt es: Dort Weinreben, hier Felder, Knicks und nochmals Felder.

Christian fragte mich, woher denn dieser merkwürdige Name Schwansen käme. Irgendwie komisch, meinte er. Ich konnte ihm ohne Umschweife den Begriff erklären und auch zeigen, wo sich der Schwansener See befand – nämlich zwischen Schönhagen und Schubystrand, nur eine Handbreit vom Meer entfernt. Der Name leitet sich von dem dänischen Svansø ab, denn um 750 n. Chr. besiedelten Jüten und Dänen die Halbinsel. Wir haben also auch eine dänische Geschichte. Ab dem 16. Jahrhundert entstanden in Schwansen zahlreiche Gutshöfe, wie Saxtorf, Olpenitz, Bienebek, Krieseby, Stubbe, Damp, Hemmelmark und Büstorf.

Meine Freunde gaben mir einen Tipp, und sie summten die Melodie. Günter sagte, wenn du in der Schneise der Geräusche stehst, dann kannst du das kleine und große Rauschen vernehmen, je nach Wind, je nach Sonnenstand, je nach Gemütsverfassung. Auch Krischan hat das im Gefühl, in seinen Genen, denn er kennt sich aus mit Geräuschen und dem

Gemüt. Wenn der Wind über die Felder streicht, dann bist du eingenistet. Ja, wenn der Wind über die Felder streicht.

Diesmal liest Hazel[vi]:

Siehst Du
Spürst Du
Da hinten am Hain
Das Rauschen
An den Furchen entlang
Hinauf auf den Hügel
Ein Duft wie ein Arm auf deiner Schulter
Der Schauer fällt einen Tag lang
Durchstreift die Schlehenbäume
Kräuselt das Gras
Hebt sich hoch
Einen Tag lang
Dann sendet die Sonne ihre warmen Strahlen.

Oh, das kleine Rauschen.
Du weißt schon
Wenn der leise Wind sich Bahn bricht.

Er summte die Melodie und wollte noch eine weitere Strophe hören, die vom großen Rauschen. Aber hören wir uns diese das nächste Mal an. Erst wenn wir wieder auf den Aschenberg zurückkehren und das Meer erblicken, fühlen wir uns wieder wie zu Hause. Das kleine und große Rauschen sorgt für Gelassenheit. Der Wind pustet alles weg. Das Meer weitet den Blick, er wird nicht mehr eingehegt. Wir nehmen Abschied vom Hinterland und setzen uns zu Peter, der uns alles über Trockenheit, Wasserfeuchte, Ernteerträge und Landwirtschaftspolitik der letzten Jahrzehnte erzählen kann. Wir nehmen mit ihm das Land in Augenschein und beginnen schließlich zu schweigen. Hinter uns die Geschichten.

Absturz

Schon wieder bin ich am Strand, diesmal gehe ich von Heide Richtung Hökholz. Alles hat sich hier verändert, die Camper haben hier einen idealen Platz gefunden. Direkt vom Wohnwagen ins Wasser, sogar die Hunde dürfen an einer Stelle baden.

Ich schaue zum Himmel, ein Bomber zieht seine Kreise über dem Meer. In letzter Zeit scheint es mehr Übungen zu geben. Und ich sehe sogar Passagierflugzeuge in 9000 m Höhe. Immer kommen die Gedanken, immer an der See. Damals düste Jochen mit seiner Aufklärermaschine über die Halbinsel. In einer Minute hatte er die Strecke von Sieseby bis Langholz durchkämmt. Obwohl er so schnell flog, hat er die Bilder in seinem Kopf. Ich lese auch in seiner Storm- Biografie, das erste Kapitel wirft den Blick von oben auf die graue Stadt.[vii] Jochens Maschine war 5-mal so schnell wie der britische Jagdbomber, der im Jahr 1942 vom Himmel geholt wurde. 68 Flugzeuge der Royal Air Force flogen ihren Angriff auf die Kieler Werft. Dann plötzlich die Geschosse der Flugabwehrraketen. Sechs Maschinen mit ihren Besatzungen stürzten auf die zugefrorene See und zerschmetterten.[viii] Die Militärexperten streiten über den Flugzeugtyp. Das Foto zeigt einen zerschellten Bomber. Ein lauter Knall erschreckte die Bewohner und einige eilten zum Absturzort, um zu sehen, was passiert war. Mary erinnert sich. Damals 1942, Anfang März. Ein eiskalter Winter, das Meer war zugefroren. Alles klirrend. Mary blickte einem toten Piloten ins Gesicht.

Als ein paar Nazi-Pöbler erfuhren, dass es sich um britische Flugzeuge handelte, waren sie bereit, die britischen Piloten zu lynchen. Aber dazu kam es nicht, weil einige der Waabserinnen und Waabser sie zurückhielten und der Wachtmeister des Dorfes sie maßregelte und nach Hause schickte, wie auch diejenigen, die aus Schwedeneck auf unsere Seite geeilt waren. „Good noo huus. Jie hebbt hier nix to sööken. Wie hebbt dat allens klaar mookt und afriegelt, de militärische Abschirmdienst un de Polizei sünd door und mookt wat to doon is. Good no huus". Er konnte sehr streng sein, wenn es um Ruhe und Ordnung ging. Und alle zogen ab, grummelten noch in sich hinein. Einer, der immer die Klappe aufriss, sagte noch: „Wie schüllt nie kleen biegeeben, de Tommi mookt allens kaputt". Rainer Hansen schrieb in seinem Buch, es habe ein paar Fanatiker gegeben und der Pastor stimmte ihm zu. Lange Zeit nach dem Krieg gab es diese Adolfanhänger noch, bspw. unsere Lehrerin, einige meinten im Führer den Heiland zu sehen.

Zeugnisse

Soweit ich weiß, haben sich im Dorf keine Schriftsteller niedergelassen, anders als in Sieseby an der Schlei. Wir gehen zum Grab von Jurek Becker auf den christlichen Friedhof. Jurek hat als Jude hier seine letzte Statt gefunden, versteckt, ganz klein, in der Mitte des Friedhofes. Wir halten inne. Dann kehren wir um und werfen einen kurzen Blick in die weiße Kirche. Die Schlei immer vor uns. Erst nach Bienebek wandern und dann zurück. Der schönste Schleiweg. Zu Hause lesen wir Jurek Becker. Das ist Literatur.

Im Dorf werden Dorfchroniken aufgelegt, Berichte zur Feuerwehr oder die 600 Jahre Geschichte des Dorfes. Mein Schulkamerad Rainer hat auch eine geschrieben, und er hat Tausende von Dias und Fotos zur Geschichte des Dorfes zusammen gestellt[ix] - eine Fundgrube von größter Bedeutung für die Geschichtsschreibung der Gemeinde. Es gibt sogar einen Schwarzweiß-Stummfilm, der das Leben des Dorfes von seiner schönen Seite zeigt. Keine Frage, das Dorf ist schön, auch wenn jemand unweit der Feuerwehr einen Schandfleck aufgestellt hatte. Erst ließ er das Haus von Grete und Georg abreißen, dann stellte er eine Bootshalle auf und dann disste das alles lange Zeit vor sich her.

Zwei Pastoren haben Zeugnis abgelegt. Ich gehe durch ihre Schriften, stelle mich vor das Pastorat, indem sie beide lebten, gleich neben der Kirche. Was für ein schöner Platz - und diese Auffahrt. Peggy tritt aus der Haustür heraus und geht durch die kleine Pforte. Sie eilt zur Predigt, geht von der Seitentür in die Kirche. Ich folge ihr. Später betet und singt sie mit der Gemeinde am Apfelbäumchen. Eine Ruhestätte für die Zeit nach dem Tod. Wir haben das Gefühl, als sende sie uns seit einiger Zeit Grüße aus Graubünden.

Was war damals passiert? Da ist Hannes Paster, dessen Geschichte schöngeschrieben wurde. Er stellte sich wie zahlreiche andere Pastoren in den Dienst der Nazis, sozusagen nationale Volkskirche. Hannes Paster war fast überall gern gesehen, bspw. bei Gräfin Reventlow zum Kaffee oder auch in den kleinen Häusern der Armen. Er besuchte alle, um sie in die Wiege des Christentums zu holen. Und er lobte sein Engagement bei den Deutschen Christen. Schon zu Anfang des Jahres 1933 wurde er zum Kreisleiter der Glaubensbewegung 'Deutsche Christen' für die Propstei Hütten ernannt. Er hatte sich entschieden: „Die Glaubensbewegung Deutsche Christen sah Pastor Lucht bald auf ihrer Seite, war doch sein ganzes Wirken längst in ihrem Sinne gewesen"[x], schrieb man über ihn. Und alsbald strömten die Uniformträger der Feuerwehr und der SA in die Waabser Kirche. Er war selbst Mitglied in der SA, natürlich nur kurz, wie er schreibt. Und predigte „Unser Vaterland ist in Gefahr. Es wird gerettet werden". Er stellte seine Predigt unter das Wort „Nun danket alle Gott" und am Tag der Machtübernahme Adolf Hitlers in Berlin läuteten die Kirchenglocken im Dorf. Er predigte: „Das soll uns mahnen, über dem großen politischen Kampf, in den wir hineingestellt worden sind, nicht die geistigen und ewigen Dinge zu vergessen". Er kam auf den Dichter Ernst Moritz Arndt zu sprechen. Tiefstes Gottvertrauen gepaart mit heiligem Glauben an das Deutsche Reich, seinen Führer und ernstes Mahnen an jeden Deutschen, auf seinem Posten beim Aufbau des völkischen Vaterlandes mitzuhelfen. Ein Diener Gottes und des Dritten Reiches zugleich. Und als Österreich heim ins Reich geholt wurde, predigte er zur Vereinigung.

Als das (und sein) Reich Schritt für Schritt in Schutt und Asche fiel, „begann für uns die Zeit der bekennenden Kirche". Rechtzeitig umschalten, so als ob nichts geschehen sei. Kein Wort zu den Verbrechen, nichts zum Holocaust, keine Aufarbeitung – einfach so weitermachen. Wie so viele andere auch.

Ich summte vor mich hin: Ein Herr vor dem Menschen, der schützt und uns den Weg weist. Und nicht der Herrenmensch. Geht doch auch. Sein Nachfolger Wilhelm Gertz verfasste im Jahr 1966 eine kritische

Betrachtung des dörflichen Lebens in der Zeit von 1936-1951[xi]. Leider ist kaum etwas über ihn bekannt, dabei hat er uns viel zu sagen. Seine Schilderungen werfen einen Blick auf die Menschen in der Zeit des dörflichen Nationalsozialismus.

Ich gehe mit einem seiner Söhne zu Brunoslust. Dort hatte ich schon früher viele gedankenverlorene Stunden verbracht. Wir schauen auf das Dorf, und er erzählt seine Geschichte. Er war Kommunist geworden und hatte Politik gemacht. Schluss mit dem Pastoralen des Vaters. Aber er hatte auch viel von ihm über Gerechtigkeit und Solidarität gelernt. Wir schauen uns an. Klassenkampf war einmal. Er zitiert Willi Brandt: Wer als Jugendlicher kein Kommunist war, ist ein Rückständiger. Wer es im Alter immer noch ist, ist vertrottelt. Oder so ähnlich. Wir klopfen uns auf die Schulter. Wie im Kampf vereint. Wir gehen durch die Straße am Schwansener Hof vorbei, und er sagt plötzlich: Hier hat Graf Luckner 1956 einen Vortrag über seine abenteuerlichen Geschichten zur See erzählt, was für ein Ereignis. Luckner schrieb mir – dem Zehnjährigen - in sein Buch: „Kiek in de sünn und nie int Muuslock"[xii]. Irgendwas muss er wohl in mir gesehen haben. Früher war mir der Gedanke an ihn unangenehm. Wahrscheinlich nur, weil er mir über mein blondes Haar gestrichen hatte – so wie meine damalige Grundschullehrerin. Immer mehr Erinnerungen kommen hoch. Diese Zeit hat uns als Jugendliche geprägt.

Wir schalten um. Es ist nicht zum Aushalten. Gott-sei-Dank, denn heute weht der Wind vom Norden. Er pustet die schlechten Gedanken weg.

Liebespaare

Auf der Luvseite öffnet sich der Blick immer weiter, die Leeseite einfach Land. Erst im Norden – bei Winnemark oder Bienebek - kannst du die Schlei entdecken. Eine andere Welt, der Wasserübergang nach Angeln. Angeln eine weite Landschaft, Schwansen und Angeln ganz nah beieinander. Keine fremde Nachbarschaft, auch wenn das Plattdeutsch etwas anders gesprochen wird. Muss man sich als Schwansener erstmal dran gewöhnen. Aber Tuddi hat es auch gelernt. Schleiland - Schwansen und Angeln, Angeln und Schwansen, die zwei ungleichen Geschwister, je nachdem welchen Blickwinkel du wählst, kannst du mehr Wälder oder mehr Felder entdecken.

Jochen hat sich Gedanken gemacht und sich mit Gregor ausgetauscht:

Klein sind die Wälder, groß sind die Felder, dichtete mein Vater sein Loblied auf dieses Land. Eine ungünstige Gegend für Liebespaare, das sage ich heute. Wo sollen die sich verkriechen, wenn sie ihr Schäferstündchen halten wollen? Auf Schwansen sieht man weiter, in Angeln sieht man schöner, hier atmet man leichter, in Angeln jedoch besser, das sagte Gregor von Groß Waabs, er war ein Kenner der Landschaft südlich und nördlich der Schlei. Von den Platznöten der Liebespaare wusste er viel.“[xiii]

Jochen hat die Halbinsel schon vor langer Zeit von oben gesehen. Die schmale Schlei bei Kappeln und Arnis gegenüber. Bei Sieseby ein bisschen weiter gestreckt, bei Schleswig offen wie ein Ballon. Nur bei uns an der Bucht der grenzenlose Blick aufs Meer. Soweit der Horizont reicht und die Augen sehen können. Karin hätte die Halbinsel vom Fallschirm aus sehen können, aber sie springt nicht mehr.

Jochen und ich gehen zu Fuß über die Brücke bei Lindaunis, aber wir könnten auch die kleine Fähre bei Missunde entern, und nach einer Minute sind wir auf Schwansen – so schmal ist die Schlei an dieser Stelle. Französische Migranten haben schon vor Jahrhunderten die Überquerung durch den schnellen Fährverkehr organisiert. Dass Schwansen eine Halbinsel ist, musst du nicht wissen und du wirst es auch nicht bemerken.

Hazel schaut von der Steilküste herunter und kann den Hexenritt orten. Wir verfolgen den Sprung und fragen Jochen, wohin ihn seine Reise bringt. Heute springt er nur in die Fluten und krault, um zur zweiten Sandbank zu gelangen. Ilse ist auch mächtig schnell und hängt ihn ab. Danach geht es zurück an den Steinstrand.

Jochen reitet sogar bis nach Groß Waabs. Wie konnte Jochen nur den Tiefflug wagen, kam er doch von der Anhöhe. Von dort hatte er die Steilküste des Verbrechens entdeckt. Er schilderte das Verbrechen, das sich ein paar Tage nach Kriegsende ereignet hatte.[xiv] Zwei Soldaten wurden noch nach Kriegsende zum Tode verurteilt und getötet, weil sie nach dem 8. Mai 1945 nach Hause wollten und desertierten.

Doch nun war er mit Gregor unterwegs, der es offenbar bei uns nicht aushielt und nach Sylt ausbückste. Kann ich nicht verstehen. Aber ihm waren Schlei, Angeln und Schwansen doch zu wenig – zu viel halbe Insel - und so versteckte er sich in Westerland. Gregor wird genügend Gründe gehabt haben, nach Sylt zu schielen. Dabei ist Sylt auch eine Art Halbinsel, verbunden mit dem Festland durch den Hindenburgdamm. Wir können dem nichts abgewinnen. Wir bleiben ein kleines abgelegenes Dorf, das dem Moledenken die kalte Schulter zeigt. Gregor darf jederzeit zurückkommen, dann können wir uns unsere Geschichten von Nord- und Ostsee erzählen.

Was soll ich mit all diesen Geschichten bloß machen? Keine Frage: wir segeln auf der gleichen Welle und denken über das Leben und die Liebe nach.

Ankommen

Viele verließen das Dorf, manch einer wollte sogar auswandern, nach Kanada als Holzfäller oder so. Sie kamen nie wieder zurück. Arme Ecke Deutschlands, keine Zukunft. Die Kinder der Pastoren, der Gutsbesitzer, der größeren Bauern und der Handwerkerfamilien und vor allem die Landarbeiter wanderten ab. Ein Aderlass. Heute sagen sie Brain-Drain. Aber damals war es anders. Pure Armut, Zwergschulen, auf denen man zu wenig lernte, auch wenn sich die Lehrer sehr viel Mühe gaben, wie Wilhelm Schlosser, unser Dorfschullehrer. Er war eine Institution, auch wenn er manchmal zum Stock griff und prügelte. Manfred kriegte oft eine Abreibung, und seine Eltern unterstützten das. Aber die Zeiten haben sich geändert. Heute gibt es keine Zwergschulen mehr, an denen die schlechtbezahlten Lehrer einen Mammut- Erziehungsauftrag mit drei Klassen in einem Klassenraum wahrnahmen. Heute sieht es anders aus, dennoch gehen viele weg.

Die, die blieben, fühlten sich abgehängt. Günni sagte zu mir eines Tages, und er wippte unruhig von einem Fuß auf den anderen und schaute abwesend aufs Meer: „Ihr seid gegangen. Alle die was im Kopf und die Eltern mit genügend Geld hatten, sind gegangen. Und wir blieben. Wir die Verlorenen". Er wiederholte: „Wir die Verlorenen". Die Verlorenen, die uns der dänische Schriftsteller Johannes V. Jensen in den

Himmerlandsgeschichten[xv] so nah brachte. War auch bei uns geschehen. Umbruch und Krise, Umbruch und Aufbruch. Verpasstes. Wir blieben stumm und wollten nichts mehr von den vergangenen Zeiten wissen.

Einige leben nicht mehr im Dorf, andere sind gekommen. Mein Dorf hat eine lange Geschichte mit Zugewanderten. Zuwanderung – eine Folge der damaligen Weltverwerfungen, die Flucht aus dem russischen Zarenreich, die Zerstörungen und Vernichtungen des Naziregimes und der brutalen Sowjetunion, der Migrationswellen und der beginnenden Globalisierung. Es gab Adlige, die als Diplomaten ins Ausland gingen und dort ihre späteren Ehefrauen kennengelernt hatten. Sie lebten in der Abgeschiedenheit der Gemeinde. Man denke nur an Ludwigsburg. Sie war Französin, heiratete den adligen Großgrundbesitzer und Gesandten des dänischen Königs in Paris. Ludwigsburg als Inkarnation von Globalisierung. Elitenkarussell. Nach dem 1. Weltkrieg kamen sogar UkrainerInnen und Ukrainer oder Wolgadeutsche ins Dorf. Hier gab es besser bezahlte Arbeitsplätze als in der Sowjetunion. Sie arbeiteten auf den Gutshöfen und bei den Bauern oder waren Handwerker. Einer von ihnen wurde am Ende des 2. Weltkriegs von einem Waabser erschossen.

Über die Zwangsarbeiter auf den Gutshöfen und Bauernstellen mag niemand mehr sprechen. Unsere Geschichte der Zwangsarbeit ist verschüttet. Die Kinder, Frauen und Männer sind vergessen, aber es gibt Zeugnisse, Fotos und manche kehrten nach Jahren zurück, um nochmal nachzusehen und ihre Erinnerungen auf dem Dorf aufzufrischen. Viele Polinnen und Polen, Ukrainerinnen und Ukrainer schufteten auf dem Land, sie mussten die Arbeit der Bauern, die zu Soldaten gemacht wurden, ersetzen. Die Zwangsarbeiter leisteten die Haus- und Feldarbeit, durften im Winter Schnee schippen und die Straßen freihalten. Manche lebten mit den einheimischen Familien unter einem Dach. Oft wurden sie schlecht behandelt. Arbeitssklaven. Manch ein Gutsbesitzer hatte zehn oder fünfzehn oder mehr, die kleinen Bauernhöfe zwei oder drei. Frauen, Kinder, Alte und die Zwangsarbeiter sicherten die Nahrungsmittel-versorgung, brachten die Ernten ein und waren in die Expansion des Nazisystems eingebunden. Entrechtete der Erde. Manch eine gefährliche Liebschaft wurde im Verborgenen gelebt. Es ging das Gerücht, dass ein Pole wegen seiner Liebe zu einem Bauern- oder Landarbeitermädchen in

Sieseby gehängt worden sein soll. Nach der Rückkehr der Ehemänner kam die Schande und die Verzweiflung. Nach dem Krieg verlieren sich die Spuren. Lücken im Gedächtnis. Was ist aus ihnen geworden?

Wir wollen uns wieder erinnern: In den 1940-er Jahren sollten die verstorbenen Zwangsarbeiter nach Auffassung der örtlichen NSDAP außerhalb des Friedhofs verscharrt werden, wogegen sich Pastor Gertz wehrte. Zur Beerdigung in der Waabser Kirche erschienen zahlreiche katholische polnische Familien und nahmen Abschied von Freunden und Verwandten – mitten im Krieg des Naziregimes, das ihre Menschen und Länder zerstörte.

Die Heimatvertriebenen aus Ostpreußen und Pommern stellten die größte Zuwanderung dar. Sie trugen nach 1945 dazu bei, dass sich die Kirchen wieder füllten und die Schulen wieder mehr Schüler hatten. Durch sie wurde der Wandel des Dorfes beschleunigt und der Wohlstand gehoben. Brain-Gain. Doch die Zeiten waren schwer, denn viele mussten vorübergehend in Baracken untergebracht werden. Sie wurden nicht gerade willkommen geheißen. Aber zum Aufstieg Schleswig-Holsteins haben sie definitiv beigetragen. Ein neuer Schub für das Land.

Einige verließen den Ort nach Jahren wieder, um im Ruhrgebiet oder in Hamburg Jobs anzunehmen. Manch einer verließ den Norden. Meinen Freund Dieter verschlug es ins Ruhrgebiet, Bergbaumalocher. Manfred ging zur Bundeswehr. Kampftaucher. Jochen erzählt eine Zuwanderergeschichte von Waabshof. Dort hatten sich nach 1945 Ostpreußen niedergelassen, „einige von ihnen trieben ihr gewohntes Fischereihandwerk in Eckernförde, von dort fuhren sie mit ihren Kuttern aus, weit in Richtung Osten, manchmal kamen sie ganz in die Nähe ihrer alten Heimat".[xvi] Manch eine Familie blieb, schloss Freundschaften und gründete neue Familien. Manch ein Bauer bekam einen Bauernhof in der Gemeinde finanziert. Andere klagten, wenn sie später zu Besuch ins Dorf zurückkehrten. Sie hatten vielleicht Grund zur Klage, aber wahrscheinlich hatten sie nur Pech im Leben gehabt und führten dies auf die schwierige Nachkriegszeit zurück.

Die Geschichte ist lang her und auch die heute integrierten Familien erlebten viele Erniedrigungen. Sie waren manchmal die letzten

Mohikaner. Wie unsere Nachbarn und Verwandten oder mein Vater, ein Katholik in der nichtgläubigen evangelischen Mehrheitsgesellschaft. Als er den Sportverein mitbegründete, war er zum Waabser geworden, zumal er das Schwansener Platt perfekt sprach. Am Glaubensbekenntnis wurde viel entschieden, obwohl die Kirchen leer blieben und die Teilnahme am kirchlichen Leben eher gering war.

Im Ort fanden seit dem Jahr 2015 Syrer, Afghanen und Iraner und seit dem Krieg Russlands zur Vernichtung der Ukraine auch ukrainische Flüchtende vorübergehend eine Bleibe. Sie arbeiten im Dorf und vor allem in der nahegelegen Kleinstadt Eckernförde, in Damp, in den Kliniken, den Ferienwohnanlagen und Restaurants. Überall werden Arbeitskräfte gesucht. Die Busse sind oft leer, aber die zu uns Gekommenen fahren Bus. Es könnte auch sein, dass manch ein Busfahrer aus der ersten Fluchtwelle des Jahres 2015 stammt.

Abwanderung und Zuwanderung. Es gibt keine Einbahnstraße der Entwicklung. Es ist nicht alles vergessen, die alten Geschichten holen uns ein. Keine Bange, alles kommt immer wieder hoch. Wer vergisst, wird dement. Außerdem werden wir den Erzählungen von der „guten alten Zeit" keinen Glauben schenken.

Braun

Die braune Welle hatte sich auch auf Schwansen frühzeitig angedeutet. Doch wir wissen sehr wenig über diese Zeit und müssen uns mit einigen wenigen Zeugnissen zufriedengeben. Wilhelm Gertz[xvii] Erinnerungen spiegeln diese Geschichte, doch im Dorf ist sie unbekannt. Es wird Zeit, Geschichten zu sammeln. Ein paar Rückerinnerungen mögen schmerzen, aber sie können uns helfen, besser zu verstehen und Zeichen für heute und morgen zu setzen. Erinnerung ist Arbeit. Oft unangenehm und manchmal berührend.

Ich lese nach in der Eckernförder Zeitung. Bei einer Hausdurchsuchung auf Gut Hemmelmark wurden im Jahr 1919 Handgranaten und Gewehre gefunden, die vermutlich der Ausrüstung eines Freikorps und dem Umsturz der Weimarer Republik dienen sollten. Der Hemmelmarker Gutsbesitzer Prinz Heinrich von Preußen beteiligte sich im Jahr 1920 am rechtsextremen Kapp-Putsch. Er hatte zahlreiche Anhänger bei den

Adligen auf den Gutshöfen, bspw. von Rudolph von Ahlefeldt auf Ludwigsburg, Oskar Kirsten auf Waabshof und die Gutsbesitzer von Sophienhof, Eichthal, Büstorf und Maaßleben – so die Eckernförder Zeitung. Doch der Widerstand von Gewerkschaften und linken Parteien sowie der Streik von Landarbeitern in Schwansen vereitelte die Machtübernahme durch die Putschisten im Landkreis.

„Viele Landarbeiter in Schwansen … treten auf den meisten Gütern in Streik… Mitglieder der Arbeiterwehr nehmen Prinz Heinrich auf Hemmelmark fest".[xviii]

Später sollte sich aus diesen reaktionären Zusammenhängen eine Zelle der Ludendorffer auf Waabshof bilden. Sie versuchten auch in der Gemeinde Fuß zu fassen, der Besitzer war ein leidenschaftlicher Anhänger von Mathilde Ludendorff.[xix]

Stahlhelm und NSDAP sind auf dem Vormarsch, auch in Waabs und in den Nachbargemeinden. In Karby lädt der Stahlhelm 1930 zu einer Reichsgründungsfeier ein. Eine Rednerin erklärt die Ziele des Königin-Luise- Bundes. Sie sagte, dass die deutsche Frau in erster Linie dazu berufen sei, am Wiederaufbau des deutschen Vaterlandes mitzuarbeiten. Der Königin-Luise-Bund ist ein Schwesternbund des Stahlhelms. Nach der Rede traten – so die Eckernförder Zeitung - dem sofort gegründeten Bund in Karby 51 Frauen bei. In Waabs veranstaltete die deutschnationale Volkspartei im Februar 1930 einen geselligen Abend mit Vorführungen und Tanz. Die Kieler Stahlhelmkapelle spielte auf. Auf einer öffentlichen Kundgebung der Volksnationalen Reichsvereinigung sprach auch ein Waabser Fischer. Die Volksnationale Reichsvereinigung lehnte das damalige Parteisystem ab und wollte den deutschen Volks-Führer-Staat erkämpfen. Zahlreiche Männer schlossen sich vor Ort zu dieser Gruppe zusammen.

Parallel zum Stahlhelm trafen sich im Februar 1931 die „Volksgenossen", um über „Wie werden wir frei" zu sprechen. Ein paar Wochen später kamen in der Ortsgruppe Kleinwaabs der NSDAP zahlreiche Männer und Frauen aus dem Dorf zusammen. Der Saal war voll belegt. „Die kernigen Worte eines NSDAP-Vertreters aus Eckernförde wurden mit großem Beifall aufgenommen". Zahlreiche weitere Veranstaltungen von

Stahlhelm und NSDAP folgten. Ein Überbietungswettbewerb. Auf diesen Veranstaltungen beklagten die Redner „die traurige und beschämende Lage des deutschen Volkes. Die Uneinigkeit der national-gesinnten Kreise sei mit Schuld daran, dass wir immer mehr geknechtet würden". Durch den Wehrsport „soll die Jugend zu wehrhaften Männern erzogen werden...Die Parole ist: „Durch Kampf zum Sieg!"

Nach der Machtübernahme durch die Nazis wurde in Waabs im Jahr 1933 der „nationale Feiertag des deutschen Volkes" begangen. Die Eckernförder Zeitung schreibt[xx]:

„Wie überall in unserem geliebten Vaterlande, so ist auch in unserer Gemeinde und unseren Dörfern und Gütern dieser Tag festlich begangen worden. An und vor allen Häusern flatterten die Fahnen des Dritten Reiches, belebt durch eine leichte Brise, lustig im Wind, während die Häuser selber im Schmucke des lieblichen Maigrüns prangten.

Ein voller Tag mit Auftritten des SA-Trommler- und Pfeifferkorps, Flaggenhissung, Festmarsch der Gutsbesitzer, Bauern, Landarbeiter, Handwerker und Melker in ihren Berufskleidungen und die Langholzer Fischer mit Netzen und Fanggeräten und Hakenkreuzfahne am Heck. Das gesamte Personal der Meierei war ebenfalls dabei.

Was da jetzt marschiert, war nicht Klassenhass und Kastengeist, sondern deutsche Volksgenossen, die gewillt sind, mit unserem großen Führer Adolf Hitler ein großes freies Reich aufbauen zu helfen. Dann wurde das Deutschland- und Horst-Wessel-Lied gesungen.

Immer mehr politisierte die NSDAP das Leben, es gab Spitzel, einen unangenehmen örtlichen Parteiführer und einen Scharfmacherbürgermeister. Und es gab Stolz.

Ich erinnere mich an unsere Verwandten Nikolaus und Tide. Ihr Sohn wurde für die "Leibstandarte Adolf Hitler" auserkoren, ausgewählt. auserwählt. Er ist stolz darauf, „unserem Führer, dessen Sinnen und Trachten nur auf das Wohlergehen Deutschlands gerichtet ist, in allernächster Nähe dienen zu können. Auch wir Waabser sind stolz auf unseren Leibsoldaten Adolf Hitlers" – schrieb die Eckernförder Zeitung.

Ich sehe Nikolaus und Tide vor mir. Er hat ein herrisches Gesicht, er konnte laut werden. Szenen im Kopf, auf dem Hof, an der Gartenmauer, Rübenhacken auf dem Feld, Buttermilch und Roggenbrot mit viel Butter. Ich höre Nikolaus Stimme, Tide deckt den Tisch. Kuchen, Kaffee, Saft. Die Sonne scheint mir ins Gesicht, es flirrt rot vor meinen Augen und ich höre die Stimme, die gewaltige Stimme.

Über Konzentrationslagern wurde bereits zu Anfang der Naziherrschaft im Dorf gesprochen. Alles war bekannt. Jeder wusste es, es stand sogar in der Eckernförder Zeitung. Niemand konnte sich hinterher herausreden. Nikolaus sagte eines Abends zu Hugo: „Wenn du nich dien Schnuut hölst, dann warst du wohl in dat KZ insparrt". Er war aufgebracht, weil Hugo ihm von den Niederlagen der deutschen Armee und den Hunderttausenden von Toten aufgeregt berichtete. Hugo hörte jede Nacht BBC-Nachrichten. Er hatte keine Angst, aber Nikolaus war unberechenbar. Und er drohte.

Und bald trafen die ersten Toten in Waabs ein, immer häufiger wurde über die Gefallenen in der Zeitung berichtet. Die Trauerfeiern wurden immer stiller.

„Wir erhielten die traurige Nachricht, dass unser innigst geliebter, einziger, hoffnungsvoller Sohn, unser braver, sonniger Junge, mein lieber Bruder, Schwager, unser Enkel und Onkel in einem Fallschirmjäger Rgt. im Alter von 21 Jahren bei den Kämpfen um Kreta sein Leben für Führer und Vaterland gelassen hat. In tiefer Trauer" (1941).

Das war nur ein Beispiel, und auch Nikolaus und Tide mussten mit dem Tod ihres einzigen und so fanatischen Kindes fertig werden.

Trotz allem Leid und Elend gab es immer noch die Überzeugten, die den Vernichtungskrieg der Nazis unterstützten, obwohl der Sohn, der Vater oder Onkel verstarben:

„Der Verstorbene, ein tatkräftiger, energischer und strebsamer Mann, entstammte einem alten kernigen Bauerngeschlecht, das seit undenklichen Zeiten in dem nahegelegenen Petzrühe beheimatet ist. Auf Anordnung des Standortältesten in unserer Kreisstadt fand am letzten Sonnabend auf dem stillen Friedhof in Kleinwaabs seine Beisetzung mit

allen militärischen Ehren unter großer Beteiligung der Volksgenossen von Waabs und Damp statt. … So fand ein braver Kamerad, der sonst mit seinem Panzerregiment in getreuer Pflichterfüllung gegen den Feind gefahren ist, seine letzte Ruhestätte auf unserem Friedhof".

Alle wollten ein Grab auf dem Friedhof, obwohl sehr viele Parteimitglieder aus der Kirche ausgetreten waren. Sie hatten sich vom christlichen Glauben abgekehrt. An einigen Grabstätten auf dem Friedhof können wir erkennen, wer damals der Kirche ade sagte. Einige wollten am Ende ihres Lebens nicht in der hintersten Ecke begraben werden, weit weg von allen. Sie wollten in die Mitte zurückkehren und schleimten sich auf die neue Zeit nach dem Krieg ein. Manch einer jedoch blieb stramm bis zu seinem Tode stehen.

Musik

Ich sehe die Dorfstraße. Früher ein reines Straßendorf. Heute eines mit vielen kleinen Abzweigungen, die manchmal plattdeutsche Namen tragen. Und die neue Siedlung mit ca. 50 Häusern. Ein anderer Stil. Einige Gebäude werfen den Schatten der Geschmacklosigkeit, doch viele haben sich gut an den Hang von Brunoslust geschmiegt. Der kleine Ausguck von damals ist verschwunden. Von dort habe ich gerne auf das Dorf und auf die See geschaut und mir ausgemalt, wie es hier vor 150 Jahren wohl ausgesehen haben mag. Eine Mühlenstraße als Dorfschneise mit vielen Mühlen, wie viele ist unbekannt. Mein Urgroßvater hatte eine, er malte Korn zum eigenen Verbrauch und für die Nachbarn. Brotbacken im eigenen Ofen. Alle 14 Tage gabs frisches Brot. Heute existiert im Dorf nur noch ein Überbleibsel einer Mühle. Sie verlor ihre Flügel, aber in der Erinnerung bleibt sie stehen. Ob meine Schwester Wehmut hat, wenn sie aus ihrer Hintertür auf die so andere Mühle hinüberschaut? Auch dort wurde Korn gemahlen und später Holz geschnitten. Die Nachbarn bearbeiteten die Stämme, sie wurden sogar aus Karby, Vogelsang, Hohenstein und anderen Teilen Schwansens angeliefert. Kurt und Günter – Meister ihres Faches. Ich durfte einen Sommer lang die Holzspäne aus dem Schacht holen. Alles gelb-weiß. Das alles ist vorbei, aber die Gedanken bleiben. Unsere kleine Mühle, Hugo und Mary als stolze Besitzer, Mary nahm die Dinge in die Hand.

Das Leben spielt im Jetzt. Das Dorf dehnt sich immer weiter Richtung Meer aus, auch wenn die Zahl der BewohnerInnen bei ca. 1450 stagniert. Der alte Ortskern war der Meiereiplatz gegenüber dem Schwansener Hof, der seit Jahren immer mehr verfällt. Dort traf sich die Jugend. Hier fanden die Aufmärsche statt, hier gab es die Trauer- und Hochzeitsfeiern. Kinofilme fanden ihr Publikum. Damals spielten die Kapellen. Trompete, Posaune, Klavier, Bass, Schlagzeug. Heute ist der Platz verweist, die Meierei seit Jahrzehnten nicht mehr in Betrieb. Der Kaufmannsladen ist geschlossen. Heute fahren wir zum Einkaufen nach Eckernförde, Vogelsang-Grünholz oder Kiel. Im Sommer macht auf dem Campingplatz ein Kaufladen auf. Die Waabser haben sich mit dem Sportlerheim, der Kirche und dem Dörpshus Treffpunkte organisiert. Im Sommer gibt es Restaurants direkt am Wasser, bspw. Strandgut, Strandräuber Spelunke und Da Gianluca in Langholz. Nachdem Eddy sich zurückgezogen hatte, agierte dort ein trüber – vielleicht mafioser - Schankstand, aber jetzt kocht Da Gianluca. Endlich wieder Pizza, Schnitzel und Fisch.

Die Vereinzelung ist allgegenwärtig. Ich gehe durchs Dorf und sehe kaum jemand, außer in den drei Sommermonaten, aber dann trifft man vor allem die sogenannten Sommergäste. Schade, dass keine Ausflugsdampfer mehr – wie kurze Zeit in den 1920-er Jahren - zwischen Waabs und Eckernförde tuckern. Der Beginn des Tourismus in Waabs. Lange ist es her, aber weckt Erinnerungen. Von Bord aus auf Langholz, Karlsminde, Hohenstein und Hemmelmark schauen. Die schöne Küste, so oft nicht einsehbar. Aber vielleicht von Bord eines Schiffes.

Viele verstehen die Entwicklungen nicht mehr. In der Gemeinde gibt es ca. 200 Ferienwohnungen, die zu Dreiviertel des Jahres leer stehen. Und immer mehr Menschen wünschen sich eine Wochenendbleibe in Langholz, Booknis, Karlsminde oder Kleinwaabs. Der Zulauf auf die Campingplätze ist ungebrochen. Jetzt nicht nur Camping, Wohnwagen und Zelte, sondern sehr schön eingerichtete Containerhäuschen mit eingebauter Sauna. Direkt am Meer, eine ganz eigene Community, mehr oder weniger abgekoppelt vom Dorf und Dorfleben. Nur die Langzeit-Wochenendler kommen mit den Dorfbewohnern zusammen, und manch eine Familie hat sich im Ort dauerhaft niedergelassen.

Es war einmal. Das sagen ganz viele. Es scheint, als ob wir die Vergangenheit des Dorfes mit rosaroter Brille sehen. So wie: Früher war das dörfliche Leben noch gemeinschaftlicher. Eine Volkstanzgruppe trat auf, ein Männergesangverein sang auf Familienfeiern. Eine Kindergilde traf sich jährlich zum Umzug. Die Jungen, lange Strümpfe bis zum Knie, in schwarzen kurzen Hosen und weißen Hemden, die Mädchen in weißen Kleidern. An der Seite liefen die Mütter mit. Wir haben zusammen zum Ringreiterfest die Girlanden gebunden. Am Abend vor dem Ereignis trafen wir uns, um alles fertigzustellen. Wir saßen im Kreis, wir sangen und lachten. Und auch die Männer konnten sich nützlich machen. Am nächsten Tag ging es dann los. Das ganze Dorf auf den Beinen, durch die Mühlenstraße bis zu *Waabs Mühle* und dann zurück ins Dorf. Die Musikkapelle spielte auf. Radetzky, das Schleswig-Holstein-Lied, ohne das ging nichts. Marsch Marsch! Im Gleichschritt, kein Stechen. Die Kinder hatten geflochtene Kränze im Haar. Wir hatten uns lieb. Vorneweg die Blaskapelle und der Dorfwachtmeister, alles muss seine Ordnung haben.

Hazel beobachtete alles von der Seite mit. Sie machte sich ihre Gedanken. Wir sprechen über den Film „Cabaret". Ich habe als Jugendlicher die Stimmungen nach dem 2. Weltkrieg miterlebt, gehörte dazu. Immer noch erschrecke ich, wenn ich dran denke: wie sehr ich die Hand der Lehrerin auf meinem blonden Haar hasste. Ich mochte sie nicht, und meine Großeltern und Eltern schon gar nicht, gehörte sie doch zu den Unverbesserlichen. Pastor Wilhelm Gertz und Wilhelm Schlosser konnten sie ebenfalls nicht aushalten, sie galt ihnen als fanatisch.

Hazel staunte nicht schlecht, als wir in Gast stoppten. Dort spielte eine andere Musik mit gewerkschaftlichen, kommunistischen und sozialdemokratischen Arbeiterliedern. Hier versammelten sich am 1. Mai in den 1920-er und Anfang der 1930-er Jahre die Landarbeiter, um ihre Forderungen zu stellen und zu feiern. Damals waren die Landarbeiter auf den Gutshöfen überwiegend links eingestellt. Sie strömten am 1. Mai nach Gast zum Sängerfest, Tanz in den Mai und die Redner schwangen ihre Reden. Und sie schmetterten sogar die *Marseillaise*. Befreiung vom Joch der Großgrundbesitzer.

Aux armes, citoyens, Formez vos bataillons, Marchons, marchons! Qu'un sang impur Abreuve nos sillons! Que veut cette horde d'esclaves, De traîtres, de rois conjurés? Pour qui ces ignobles entraves, Ces fers dès longtemps préparés? Français, pour nous, ah! quel outrage, quels transports il doit exciter! C'est nous qu'on ose méditer. De rendre à l'antique esclavage!

Zu den Waffen, Bürger! Formt Eure Schlachtreihen, Marschieren wir, marschieren wir! Bis unreines Blut unserer Äcker Furchen tränkt! Was will diese Horde von Sklaven, von Verrätern, von verschwörerischen Königen? Für wen diese gemeinen Fesseln. Diese seit langem vorbereiteten Eisen? Franzosen, für uns, ach! Welche Schmach. Welchen Zorn muss dies hervorrufen! Man wagt es, daran zu denken, uns in die alte Knechtschaft zu führen!

Ein Fest. Und alle vernahmen die Botschaft. Ein paar Jahre später war alles linke Leben ausgelöscht. Sogar die Erinnerung. Die Parteien wurden verboten, die Menschen verfolgt und verhaftet. Niemand weiß davon. Landarbeiter gibt es kaum noch und ihre Lebensgeschichten verblassen.

Heute sind andere Aktivitäten angesagt: Männerclub, im Dörpshus treffen sich die Leute, eine Literaturgruppe vertieft sich in neue Bücher, in der Kirche Konzerte. Seit 1997 hat sich der Förderverein Marienkirche Waabs mit Peggy, Dirk, Uschi, Rainer u.a. um die Freilegung der Malereien gekümmert und das ganze Gotteshaus renoviert. Nun erstrahlt die Kirche im Inneren in vollem Glanz. Wer einen Rundgang durch die Kirche machen möchte, kann dies auch aus der Ferne tun.[xxi] Im Dorf ist nicht alles in Hohlegrund. Selbst in Kummerteich ist alles zum Besten bestellt. Und immer wieder grüßt am Eckernförder Ortsausgang das kleine Eichhörnchen auf dem Weg ins Dorf.

Feiern

Feiern, immer wieder Feiern. In der Nachbarschaft, auf den Hofplätzen, in den Gasthäusern, am Strand, auf dem Fußballplatz, mit Verwandten und Freunden. Wir stehen alle im Kreis, erzählen uns die alten und neuen Geschichten. Manchmal wird Plattdeutsch gesprochen. „Es ist schön, dich wiederzusehen. Wann haben wir uns das letzte Mal getroffen? Auf der Hochzeit von Maren und Kevin? Ich weiß nicht, kann sein. Was ist eigentlich aus Olli geworden, ich habe ihn lange nicht gesehen. Er soll ja im Krankenhaus gewesen sein". So laufen die Geschichten.

Feiern sind Austausch. Die Tische biegen sich. Oft gibt es Speisefolgen, die wie automatisch daherkommen. Suppe, Rindfleischsuppe mit Klößen. Es muss wirklich Suppe sein und nicht irgendwie Creme. Dann kommen Schweinefleisch oder Rinderbraten, Rotkohl mit Kartoffeln und Croquetten auf den Tisch, manchmal auch mit Salzkartoffeln und Petersilie. Für die steigende Zahl der Vegetarier und Veganer wird ebenfalls gesorgt. Anschließend nach einer Pause Nachtisch. Rote Grütze mit Schlagsahne, wer will kriegt auch noch einen Filterkaffee. Und dann noch einen Likör, oder einen Aquavit, so geht es Jahr ein Jahr aus. Unveränderbar. Finden die Feiern an den Abenden statt, kommt Bier und Köm auf den Tisch. Ohne Flens lässt sich kaum ein Abend bestreiten. Nur einige Frauen trinken Wein.

Dann die Einlagen. Erst die Frauentanzgruppe. Square Dance. Ob diesmal alles klappt? Die Frauen drehen sich im Kreis, die Leiterin gibt Zeichen mit der Stirn, alles fließt ineinander. Nur manchmal dreht sich eine falsch rum, lächelt dazu und reiht sich wieder ein. Akkordeonmusik spielt auf. Die bunten Röcke wehen und schweben hoch und runter. Lange Strümpfe, die Farben passen. Die Jüngste ist auch schon sechzig Jahre alt. Die Wirbel stimmen, und die Schritte sind austariert. Sechs Stücke müssen schon sein, dann nochmal von vorne. Wir blicken uns an, und dann stehen alle glücklich in der ersten Reihe. Wir kriegen das noch hin, jedes Jahr, immer wieder. Was für eine Freude. Selbst die Jungen sind erfreut, hatten sie nicht erwartet. Sie haben auch keinen Grund rumzujaulen, denn sie sind nur die Beobachter. Trauen sich noch nicht.

Nächster Auftritt. Die beiden Kinder – auch schon 50 Jahre und mehr alt. Sie singen. *Dat du mien Leevste büsst*. Tränen heimlich. Sie hat Entertainerqualitäten. Wollte sie nicht mal Schauspielerin werden? Er – souverän mit der Ukulele. Gut gesetzt die Akkorde. Dann die ganze Familie. Sie schmettern ein Lied mit eigenen Texten. Von der schönen Heimat, von der Familie, vom Glück auf dem Land, vom Dorf. Tradition in neuer Form. Die Geschichten gehen weiter und werden weitergegeben. So nimmt alles seinen Lauf.

Doch dann – der Höhepunkt. Der Männergesangverein. Leu am Akkordeon. Die Harmonik lässt manchmal zu wünschen übrig, aber der Chor bringt die mehrstimmigen Melodien, und die Stimmung steigt an. Die Lieder – sie hauchen den Hang zum Altvertrauten und manchmal aus der Welt Gefallenem. Der Chor macht glücklich und viele können alle Strophen mitsingen. Was für eine Gefühlswallung.

Zum Schluss der Akkord. Das Schleswig-Holstein Lied. Alle stehen auf. Und singen mit. „Schleswig-Holstein meerumschlungen". „Wanke nicht, mein Vaterland" – die inoffizielle Landeshymne, die 1844 beim Schleswiger Sängerfest vorgestellt wurde. Die Melodie stammt von Carl Gottlieb Bellmann (1772–1862), dem Kantor des St.-Johannis-Klosters in Schleswig. Das Lied mit den sieben Strophen besingt den Wunsch nach einem geeinten, unabhängigen und einem deutschen Schleswig-Holstein.

Schleswig-Holstein, meerumschlungen,
deutscher Sitte hohe Wacht,
wahre treu, was schwer errungen,
bis ein schönrer Morgen tagt!
Schleswig-Holstein, stammverwandt,
wanke nicht, mein Vaterland!
Schleswig-Holstein, stammverwandt,
wanke nicht, mein Vaterland!

Alle kennen das Lied auswendig, es braucht keinen Übersetzer und kein Blatt Papier. So wird alles an die nächste Generation weitergegeben. Ob in Waabs, Schwansen oder Angeln. Die Sitten bleiben, und die Speisenfolge, die Kuchen und die Schnäpse, alles ein bisschen jütländisch. Siegfried Lenz hat das genau beschrieben. Wir haben da eine Verbindung, die droht vergessen zu werden.

Dat du mien leevste büst. Männer singen und ihnen treten die Tränen in die Augen. Wenn sie älter sind, lassen sie die Tränen laufen. Die Jungen schauen zu Boden, oder beginnen schüchtern zu lächeln. Sie wollen ihre Gefühle verstecken. Macht nichts, sollen sie doch. Sie ahnen, dass es ihnen bald ähnlich ergehen wird.

Die Musik spielt im Dorf. In der Kirche, auf den Campingplätzen, beim Ringreiterfest, bei den Reiterveranstaltungen. Viele Konzerte erfreuten die Bewohner. Einmal sprang ein Dirigent mit dem Taktstock als Fallschirmspringer direkt auf die Wiese, wo das Konzert stattfand. Er landete punktgenau und dirigierte anschließend das Konzert. Klassik mit Beethoven, Brahms und Mozart.

Pott

Was kommt bei uns eigentlich auf den Tisch, haben wir eine eigenständige Küche? Ich höre schon die Vorurteile. Von wegen, ihr da im Norden, ihr Fischköppe. Ihr könnt nicht mithalten. Keine Frage, Österreichs und die Pfälzer Küche sind außer Reichweite. Heute wird überall Pizza angeboten, und manchmal auch Dubrovnik.

Aber wir haben auch was vorzuweisen. Wer mag Birnen, Bohnen und Speck essen? „Kenn ich nich" – und mag ich auch nicht. Aber das Lied fällt mir doch noch ein:

Wenn hier en Pott mit Bohnen steiht
Un dor en Pott mit Bri
Dann lat ick Pott und Bohnen stahn
Und danz mit min Marie.

Oder Schwarzsauer, dieses Blutgericht. Manchmal findet man noch Himmel und Erde, Blutwurst, sogar in Berliner Lokalen. Kennt kaum noch einer – ist auch nicht auszuhalten. In Mutters Kochbuch stehen die alten Rezepte aufgeschrieben. Aber wir haben nicht alles probiert. Eigentlich mochten wir gerade noch die süßen Dinge. Naja und Fisch natürlich. Die Fischer fischen Heringe und Dorsch aus der See. Dorsch in Senfsauce. Selbst gemachter Senf, nicht aus der Tube. Früher arme Leute Essen, heute teure Delikatesse. Natürlich keine Austern. Andreas könnte die Nase rümpfen – keine Austern, keine Jakobsmuscheln? Aber inzwischen ist die Landküche auch bei uns besser geworden und in manchen Restaurants wird guter Sauvignon Blanc oder gar pfälzischer Biowein à la Chardonnay Fumé kredenzt, wenn er nicht schon weggetrunken ist.

Hauptgetränk bleibt Kaffee. Hugo fuhr in den 1920-er Jahren extra nach Kiel, um dort ein Kilo Kaffee zu kaufen. Nicht Muckefuck. Nein echten

Kaffee. Gut – mit Filter aufgebrüht. Er brachte auch französischen, dänischen oder holländischen Käse mit, mal eine Abwechslung, nicht immer nur den Tilsiter aus der Ortsmeierei. Abwechslung ist Trumpf. Manchmal tranken wir auch Tee. Oder es kamen eine Flasche Bier oder auch zwei auf den Tisch. Gehörten bei vielen zum Alltag. Wie schrieb ein Pastor über die 1920-er Jahre mit erhobenem Zeigefinger: Im Gasthaus „soffen die meisten dort rum". Im Krieg wurde noch mehr getrunken, bei der Flugabwehr „ging die Sauferei erst recht los". Vielleicht war das auch eine Form von Widerstand.

Wer weiß schon, wie es heute ist. Mir scheint, alles ist, seitdem es kein wirkliches Gasthaus mehr gibt, in die uneinsehbaren Wohnungen verlagert.

Kohlen

Hugo war unternehmungslustig. Und er wollte raus aus dem Stillstand. Sein Vater hatte ihm das nahegelegt, denn der Bauernhof war zu klein, die Bäckerei ging nicht so gut, und die Mühle war schon altersschwach. Es musste etwas Neues her. Sie besprachen das an vielen Abenden und bei der Arbeit. Dann hatte Hugo in Vogelsang-Grünholz gesehen, dass ein Unternehmer einen Kohlenhandel aufgemacht hatte. Damals gab es an der Eisenbahnstrecke Eckernförde – Kappeln - Länge: 29 km – den Bahnhof Grünholz. Der Betrieb begann 1904 und endete im Sommer 1958. In den Jahren 1940 bis 1950 wurden mehr als 50.000 Tonnen Güter transportiert und zeitweilig 400 Tsd. Fahrkarten pro Jahr verkauft. Hugo sah sich die Bahn an, beobachtete, wie die Firma den Betrieb organisierte und kam auf die Idee, in Waabs und Umgebung einen Kohlenhandel aufzubauen. Er nahm eine Lehre in der Lausitz auf, lernte dort in drei Jahren das Kaufmännische. Seit 1870 wurde Braunkohle in der Lausitz abgebaut. Hugo war Feuer und Flamme für seinen Beruf, und als er zurückkehrte, begann er umgehend mit seinem Vater den Betrieb aufzubauen. Er kannte die Eigenschaften der Kohle, Braunkohle, Kokskohle, Eierkohle und Steinkohle, die er aus der Lausitz und dem Rheinland bezog. Und er konnte rechnen.

Manchmal sah er den Tross der Adligen-Herrschaften. Das Gut Grünholz, das im Besitz der Familie Schleswig-Holstein-Sonderburg-Glücksburg ist, erhielt einen eigenen Bahnanschluss. Für die herzogliche Familie wurde mit deren finanzieller Unterstützung ein Salonwagen beschafft. Im Bahnhof gab es neben den damals üblichen Warteräumen der II. und III. Klasse zwei weitere Aufenthaltsräume als Fürstenzimmer. Einer davon stand der herzoglichen Familie von Schleswig-Holstein-Sonderburg-Glücksburg zur Verfügung, der andere war noch komfortabler ausgestattet und diente der Kaiserin Auguste Viktoria, die aus dem Grünholzer Herzoghaus stammte, wenn sie sich zu Besuch anmeldete.

Dass die Gutsleute ihre Privilegien hatten, nahm Hugo zur Kenntnis, aber das störte ihn nicht, er wollte ja sein Geschäft aufbauen. Nur sechs km vom Bahnhof nach Kleinwaabs. Zunächst wurde mit Pferdewagen die Kohle transportiert, doch irgendwann später – nach dem Ende des Krieges, als das Geschäft sich ausweitete und profitabler wurde, wurde auch ein Lastwagen angeschafft. So belieferte Hugo mit seinen Arbeitern zahlreiche Gemeinden um Waabs herum, ein gut gehendes Geschäft, das allerdings 1929 in der Wirtschaftskrise – die mit Hunger und Not verbunden war – zusammenbrach. Erst Anfang der 1930er Jahre fasste Hugo wieder Fuß und konnte so den Kleinstbetrieb über die Runden bringen. Später übernahmen Günter und Trude das Geschäft, bis auch sie es aufgaben, denn die Nachfrage nach Kohle ging zurück, weil jetzt alle mit Gas, Öl oder Holz heizten. Eine große Transformation auf dem Land, die mit einem Innovationsschub einherging, der es möglich machte, alle Menschen ausreichend mit Energie zu versorgen.

Hugo wusste, dass die Kohlenheizung schädlich war, für die Umwelt und auch für die Menschen, die in ihren Öfen mit Kohle heizten, und auch für die Arbeiter, die mit dem Staub der Kohle ihre Lungen schädigten. Er selbst arbeitete auch mit (oft mit weißem gestärktem Hemd, das am Abend in die Wäsche musste), wenn die Kohle von den Waggons auf die Wagen gebracht wurden. Er rationalisierte seine Produktion, indem er von den Kohlewaggons die Eier- und Steinkohle direkt in Säcke einlud. Ein Zentner schwere Last, die zu größten Rückenproblemen für die Arbeiter und auch Hugo führten. Ich habe als Jugendlicher auch diese schweren Säcke geschleppt, aber immer nur ein paar Tage in den Ferien.

Ich sehe vor mir wieder den Hof voller Kohle, der sicherlich unserem Grundwasser Schaden zugefügt hat, aber damals wussten wir noch nichts von diesen Katastrophen. Heute ist alles verschwunden, aber manchmal, wenn wir tief genug auf dem Hofplatz graben, können schon mal Reste von Braun- und Steinkohle hervorkommen.

Hugo und Mary wurden reich, verloren alles und rappelten sich wieder auf. Sie konnten sich mehr als der Durchschnitt der Waabser leisten, sozusagen ein Bauern-Bürgertum, denn sie beide besaßen zusätzlich noch den Bauernhof. Sie hatten ihre dörflichen Netzwerke, sie waren integriert, sie konnten reisen und ihren Blick nach Außen richten. Sie waren informiert, lasen Zeitungen und Bücher und hörten jeden Montagabend Danmarks Radio. Danske folkemusik. Fiedel, Drehleier, Klarinette und Flöte. Und immer wieder Orchester, die die Musik von Carl Nielsen, Edvard Grieg oder Jean Sibelius aufführten. Sie mochten vor allem die dänische Dorfmusik, Musik, die bei Hochzeiten, Erntedankfesten und anderen Feierlichkeiten zum Besten gebracht wurde. Wir Enkelkinder saßen unter dem großen Tisch und lauschten ihren Gesprächen, wenn sie Musik hörten oder Karten spielten und Grog tranken - gelegentlich leider zu viel. Wir lachten oft, denn wir verstanden anfangs rein gar nichts, aber allmählich begriffen wir die Mischung aus Plattdeutsch, Dänisch, Plattdänisch (Sönnerjysk) und äfften dieses Gemisch nach. Aber den Dannebrog holten sie nicht raus. Das hätten sie am liebsten nach dem Krieg getan.

Hugo fuhr in seinem schicken Sportwagen vor. Willinahwer war dabei, Lisa schaute aus dem Fenster, sie rasten mit ca. 40 Stundenkilometern über die Wege, die damals noch ungeteert waren. An der Straße standen die Menschen, sie liefen an den Straßenrand und waren verblüfft. Fortschritt, der jetzt auch auf dem Dorf und auf den abgelegenen Ecken Schwansens ankam. Mary fuhr lieber mit der Kutsche, das war ihr angenehmer. Dort konnte sie in Ruhe ihren Gedanken nachgehen.

Mary

Am Spätnachmittag Anfang September zog sie los. Mary setzte sich die Trollkappe auf, schnürte den Rucksack zu, eng gebunden, und verließ den Hof. Querfeldein über die fruchtbaren Felder hin zum kleinen Wald, wo sie zum ersten Mal haltmachte. Sie prüfte, aß die Brombeeren und vergaß die Zeit. Bald hatte sie den Korb mit den schwarzen Früchten gefüllt, mehr sollte nicht rein. Sie hielt inne, ein Reh sprang durch das tiefe Gras – hinein in das kleine Waldstück. Sie nahmen Kontakt auf, spielten miteinander, gefühlte Nähe, so als würden sie sich jeden Tag sehen. Danach wieder das leise Sirren der Gräser, kein Vogel weit und breit, es war heiß. Die Sonne gab an diesen Tagen viel Kraft. Das Licht ließ sich nicht von den kleinen Wolken vertreiben. Diese Stille, ein Summen gelegentlich. Die Bienen zogen davon. Im Gras versteckte sich eine Maus, die sich gestört fühlte. Mary nahm alles zur Kenntnis, sie sprach mit den Pflanzen und den Tieren. Gelegentlich warf sie einen Blick zum Horizont und zur Förde, die nicht weit weg ruhig vor sich hindämmerte. Dieser Sommer war besonders, an den Tagen die Bauern und ihre Helfer bei der Arbeit, die Ernte einbringen, Pflügen und Eggen. Die Früchte auf dem Boden zum Trocknen. In der Mühle das Korn mahlen. An den Abenden immer wieder Sturm und Gewitter. Mary legte den Kopf zurück, erinnerte sich an den Beginn der Kriegshandlungen. Damals mussten die Männer los. Auch ihr Schwiegersohn, während Hugo, ihr Ehemann zu Hause blieb und im Abwehrkampf bei der Flugabwehr eingesetzt wurde. Nachts flogen die Briten ihre Angriffe auf Rendsburg und Kiel. Abends am Radio. BBC übertrug Nachrichten, immer häufiger wurden Niederlagen gemeldet, immer öfter die Zahl der Toten genannt. So manch einer der Soldaten kam mit Verletzungen ins Lazarett und durfte ein paar Tage Heimaturlaub machen, bevor es wieder zum Einsatz ging. Viele kehrten nicht heim. Hugo wurde manchmal leichtsinnig, vor allem wenn er mit den Abwehrhelden der Flarag die britischen Angriffe stoppen sollte, dann sagte er „Wir verlieren den Krieg", das wird uns alles kosten. Wir haben Millionen Menschen vernichtet. Wir werden nie wieder auf die Beine kommen. Und sie hörten von Freunden auf der anderen Seite der See, dass es in Dänemark Widerstand gab. Sie stritten sich mit dem Bruder, der stramm nazirechts war.

Dann aber protesteten sie sich zu. Wenigstens gab es noch Grog am Abend, sie hatten einiges gebunkert für die Wintertage. Karten spielen, Suupen und auf den Gefreiten an der Macht schimpfen. Ganz ungeniert. Wenn sie in der Familie unter sich waren, fürchteten sie sich nicht. Nur manchmal sprachen sie leise, wenn noch mehr Unheil drohte.

Mary erinnerte sich an die gestrige Nacht. Wieder einer dieser langen Abende im September, die Ernte war eingefahren, es gab ein bisschen Luft. Man konnte wieder Skat spielen, die untergehende Sonne genießen, die letzten Sonnenstrahlen vor dem einsetzenden Herbst. Mary prüfte die Haselnüsse, Walnüsse, die Äpfel und die Schlehen zwischen ihren Fingern. Die brauchten noch ein paar Tage und Wochen, bevor sie geerntet werden konnten. Alles für die langen Winter, frische Nüsse, Hollunderbeerensaft, Lindenblüten und selbstgemachten Schnaps. So ging es Jahr ein Jahr aus. Nahm niemals ein Ende. Und so war es gut.

Sie kehrte heim, die Arbeit war in vollem Gange. Kühe melken und sie zurück auf die Koppel bringen. Sie setzte sich in die geschützte Steinwallecke und rauchte ihre einzige Zigarette des Tages. Tief einatmen. Wie mag es wohl Ille gehen, die allein mit der Tochter im Haus war und das Kind zu Bett brachte. Sie war immer in Angst vor der schlechten Nachricht. Tuddi ebenso, die war noch weiter im Norden und musste einen ganzen Hof mit ein paar Arbeitern schmeißen. Würden sie alle wieder zusammenkommen, würden alle Verwandten und Nachbarn zurückkehren, wenn dieser Krieg vorbei ist? Sie hatte ein ungutes Gefühl. Der Abend ging zu Ende. Noch einmal über den Hof. Morgen wird wieder ein Tag kommen. Unruhe breitete sich aus, nervös schaute sie zum Himmel. Hugo wieder im Dienst. Immer dieser ängstliche Blick aufs Meer, dort würden sich die britischen Flieger zum Bombenabwurf bereit machen. Dann der Donner und die Flammenberge. Erst wenn die Sonne langsam zum Vorschein kam, trat wieder Stille ein. Morgen würde es nicht anders sein.

Rockn' Roll

Manfred raste die Straße hinauf. Er schrie, er war außer sich. Kein Halten, so hatte ich ihn noch nicht gesehen. Er bebte und er rannte, bis er ein paar Meter vor dem Haus stehen blieb. 425 Schritte war er von zu Hause aus zu uns die Straße hochgelaufen. Ich stand dort, wartete auf ihn, lief ihm entgegen und konnte nichts mehr sagen, denn er schrie:

What I'd say. What I'd say...

Er sang, er schrie, er war wie von Sinnen. Ich verstand nichts, doch ich wusste, es war etwas geschehen.

What I'd say. Hey mama, don't you treat me wrong. Come and love your daddy all night long. All right now, hey hey, all right. See the girl with the diamond ring. She knows how to shake that thing. All right now now now, hey hey, hey hey….

Er konnte nicht aufhören, riss an meinem Arm, schrie weiter und zog mich. Wir liefen gemeinsam zu seinem Haus, die Mutter stand vollkommen fassungslos da. Er fauchte sie an: „Geh aus dem Weg, wir müssen die Musik hören, wir müssen hören, das hats noch nicht gegeben". Wir stürmten ins Zimmer, er schmiss den Plattenspieler an und die Musik donnerte los. Dieses Klavier. E-Dur, A-Dur, H7, E… dann der Rhythmus, alles setzt langsam ein. Dann die kleine Sentenz. *He Mama, Hey mama, don't you treat me wrong. Come and love your daddy all night long….* Was für ein grove. Kaum auszuhalten. Nun, wir die wir im Schlagermilieu unserer Mütter aufwuchsen, waren nicht zu bremsen. Bass raus, Gitarre raus und versuchten zu spielen, aber das ging nicht, wir wussten nicht, wie wir den Rhythmus hinbekommen sollten. Ja, kein Problem mit der Tonart, aber dieser Rhythmus, dieser Grove, dieser Blues. Allmählich aber begannen wir es zu schnallen. Auf dem Rücken ein Schaudern.

Heeee Heee He He He He He He. See the girl with the red dress on. She can do the Birdland all night long. Baby it's alright. Baby it's alright.

Manfred ließ nicht locker. Er prügelte auf den Bass ein, wir waren plötzlich eine Band. Und ich ging mit, ich war so gefangen wie nichts anderes. Jetzt jeden Abend und Nachmittag AFN, BFBS, Danmarks Radio und später Radio Caroline hören. Vor allem Blues, Rock, Rhythm and Blues. Und spielen, spielen spielen. In der Schule hieß es im Musikunterricht: Der Junge ist ganz musikalisch, er sollte Geige lernen, was er später auch tat.

Aber *ganz Paris träumt von der Liebe*, war nun endlich vorbei. So ein Schwachsinn, dachte er. Und er hatte Recht. So ein Schwachsinn. Immer diese Wehmutssongs. Muss wohl aus der alten Zeit stammen. Besser von Paris träumen als von der Eroberung Frankreichs. Vorbei mit *Wenn die bunten Fahnen wehen*, oder *Madagaskar, Pest an Bord*. Schluss mit Lagerfeuer und dem *Westerwald* oder Kartoffeln ins Feuer halten.

Unsere Eltern erklärten uns für verrückt, für vollkommen gefährdet. Manfred gründete eine neue Band mit Schlagzeug, zwei Gitarren, und er spielte Bass. Er konnte singen, kehlig laut und bluesmäßig. Ich war dabei, wir übten, aber als es zum Konzert kommen sollte, musste ich zu Hause bleiben. Mein Vater war streng, meine Mutter in Panik. Was da wohl alles passieren konnte. Sie wusste nicht, wie uns geschah, aber wenn sie den Text verstanden hätte, da wäre das Theater noch größer gewesen. Manfred drehte auf und ich? Ich übte weiter Klassikgitarre, wenn alle im Haus waren. Fernando Sor, Ferdinando Carulli, Antonio Soler, ach wie schön. Kaum waren sie aus dem Haus, da holte ich die Elektrogitarre raus und spielte DooWop-Music. Chuck Berry, alles was verfügbar war. Jerry Lee Lewis am Klavier, die Tasten hoch und runter. Nicht zu bremsen. Oh my God! *Whole lotta shakin goin on. Shake baby shake, shake baby shake*. Ob Steinway extra einen Flügel für Jerry gezimmert hatte? *Great Balls of Fire*. Little Richard, Carl Perkins *Blue Suede Shoes*…. Buddy Holly *Peggy Sue*. Oh diese Riffs. Everly Brothers *Wake Up Little Susie*. Eddie Cochran *Summertime Blues*. Und ganz anderes: Howlin Wolf *Smokestack Lightnin'*. Und die Gitarren von Fender und Gibson. Leider unerschwinglich für uns. Wir bastelten uns unsere eigenen Verstärker und hauten in die Saiten.

Kein Ende, eigentlich der Beginn. Amerika, das neue Zeitalter der Globalisierung begann.

Dabei war alles ganz harmlos angefangen. Wir spielten Gitarre, hatten Schlager gesungen. *Capri, wenn die Sonne untergeht. Marina, Marina, Marina.* Oder die alten Dorfkalauer. „Rummel rummel röten, hevt ji wat to eeten…". Ich hatte meine Gitarre um die Schulter gelegt. Wir sangen:

Ick bin een armen König,
giv mi nich to wenig,
lot mi nich so lang stohn,
denn ick mut noch wider gohn,
een Huus wieder, da wohnt de Snieder,
een Huus achter, da wohnt de Slachter,
un een Huus widder ran, da wohnt de Wiehnachtsmann!

Wir zogen durch die Nachbarschaft. Jeder erkannte uns – trotz Verkleidung. Wir sangen Lieder von Hans Albers, sogar von Hildegard Knef. Oder: *Sag mir wo die Blumen sind, wo sind sie geblieben.* Wir schrammelten mit unseren Gitarren. La Paloma. Ohé. Wir lachten über uns und ertappten uns bei dem Gedanken, dass wir oft in der Kirche waren und dort gut zugehört hatten. Die Musik- und Sangeskunst in der Marienkirche hatte ein hohes Niveau. Der Kirchenchor sang Bach, Reger und vielleicht sogar Stücke aus Mendelssohns Elias. Bei den Hochzeitsfeiern wurde auch im Dorf der Hochzeitsmarsch gespielt, wie im Film mit Dustin Hoffman. Und nun das. Die Revolte, allein Manfreds Stimme war eine Herausforderung. Er hatte irgendwie den Blues, den Furchenblues, im Blut. Wir saßen am Radio, und plötzlich haute Danmarks Radio rein. Five o'clocken Musik. Rockn' Roll, Blues. *Whole lotta shakin goin on.*

November

Es ist November. Es regnet. Das graue Grau hat sich über das Land gelegt. Die See ist durch den Nebel verhüllt. Wir gehen zum Strand. Alles ist still. Die Ostsee hat sich eingebettet. Kein Rauschen, kein Wellenschlag. Wir blicken in die suppige Wasserlandschaft, die ihre Fortsetzung auf dem Land findet und bis zum Boden reicht.

Wir halten inne.

Gut für die Nerven und die Gedanken. Wir bleiben für uns, kein Wort, kein Laut, den Blick aufs Wasser. Im November entscheidet sich alles.

Andreas Guhl: Die große Wolke, 2019

Der Sommer war trocken, der Herbst brachte Wind, und ein paar Tropfen fielen auf die Äcker. Der Wasserspiegel sinkt Jahr für Jahr. Noch gibt es keine Probleme, aber Peter weiß, dass es kritisch werden kann. Er beobachtet die Niederschläge, hat sie im Gedächtnis, die alten Bauernregeln passen nicht mehr.

Jan sagt: „Wir müssen umstellen. Mais dürfte nicht mehr angebaut werden, denn er saugt zu viel Wasser aus dem Boden. Umstellen – einfach gesagt, aber schwer zu machen". Die Zahl der Maisfelder hat sich in den letzten Jahren ausgebreitet. Das Land könnte grüner sein, die Menschen merken schneller, wenn die Natur sich ändert, wenn es trockner wird und die Vögel und Schmetterlinge verschwinden. Sie sollten Vorreiter sein für den Schutz der Natur – weniger Dünger, der dem Grundwasser schadet, weniger CO2-Ausstoß, weniger Pestizide – ökologische Transformation.

Der November verrät, ob im Jahr genug Regen fällt. Bleibt er weitgehend trocken, kann es nächstes Jahr kritisch werden. Und wird es in den kommenden Monaten Dezember, Januar, Februar und März schneien und regnen? Der Blick zum Himmel zeigt, es könnte wieder schneefrei bleiben, wie die letzten Jahre. Früher sind wir zu Weihnachten mit den Schneeflocken in die Kirche gegangen, alle zusammen, die Kinder vorne, dann die Eltern und die Großeltern dahinter. Die Kirche war voll, wir beteten, sangen und stapften durch den Schnee nach Hause. So war es und so sollte es immer bleiben. Diese Zeiten sind vorbei – vielleicht schon seit zwei Jahrzehnten sind wir schneefrei. Wir können noch die große Schneekatastrophe von 1978/79 erinnern, aber jetzt ist alles weggeschmolzen. Im ganzen Jahr nur noch ein paar Tage Eis und Schnee. Klimawandel.

Unsere Gefühle für Jahreszeiten werden immer wieder getäuscht. Im Dezember schauen wir zum Himmel und wissen, es wird wieder nicht schneien, und wenn dann nur sehr kurz. Erderwärmung. Die Felder sind kaum bedeckt. Es ist nicht nur das Wetter, das Klima, es ist unsere Identität. Sogar Feigenbäume können wachsen und überwintern.

Ich erinnere mich. Schnee, alles weiß. Das Haus war zugeschneit. Wir konnten nur mit Mühe das Haus verlassen und reinkommen. Die Männer kamen mit Schaufeln und machten den Weg nach Söby frei. Der Schnee türmte sich am Straßenrand. Sie waren eine fleißige Gemeinschaft, doch am nächsten Tag war alles wieder zugeschneit. Einmal sogar das ganze Dorf, abgeschnitten für zwei Wochen. Der Schnee hatte das Dorf zugedeckt, wir waren unter uns und suchten die Wärme im Wohnzimmer. Wenigstens gab es genug Eierkohlen und Briketts. Draußen ging nichts mehr. Und vergessen wir nicht die klirrenden Winter, sogar die Ostsee war zugefroren.

Nun gehen wir durch den Nebel und Leichtregen, und uns wird immer klarer, wir müssen umsteuern. Nichts anderes, keine Beschönigungen mehr.

Vom Aschenberg blinzeln wir erneut in die Sonne. Das Meer blendet doppelt zusammen mit den Sonnenstrahlen. Wir kauern nieder am Knick und lassen uns wärmen – sogar im November. Und wir sehen Peter, der gedankenverloren auf das Land blickt. Erntezeit, die Koppeln sind bereits umgepflügt. Langes Gedenken zurück.

Wilhelm

Ich sah ihn von Weitem. Er ging langsam, geradezu gemächlich, als würde er in Gedanken sein, Gedanken, die wir nicht erahnen würden. Ich beobachtete ihn, fühlte eine gewisse Anspannung, wusste nicht, wie ich ihm begegnen sollte. Würde er mit mir sprechen wollen, worüber würden wir sprechen? Über Literatur, Lyrik, über die Natur, seine Spaziergänge an der Ostsee, über das Leben oder gar die Liebe.

Auf alles war ich gefasst, ich der Junge, ich der Kleine, ich der Unwissende. Aber ich mochte ihm auch nicht unterwürfig entgegentreten, ihm, dem Literaten, der ein paar bedeutende Literaturpreise erhalten hatte, dessen Bücher sich kaum verkauften, der als schwer zu lesen galt, etwas abgehoben. Zu sehr hochstilisiert, von merkwürdig hoher Warte, geschraubte Texte, die, wenn Pago sie lesen würde, ihn ins Lächerliche ziehen würde. Parodie. Pago konnte so etwas, aber ich, was wäre, wenn er mich auflaufen ließe.

Mit ausladender Handbewegung trat er auf mich zu. Elegant. Er blieb kurz stehen, dann schritt er ausschweifenden langen Schrittes wieder voran, und wir standen uns gegenüber. Ich blieb stumm, und er nahm meine Ehrfurcht wahr. „Es ist so ein schönes Ostseewetter, wir sollten die Zeit nutzen, über die Felder zu gehen". Er gab mir seine Hand, und ich stammelte: „Gerne, und Danke für die Zeit, die Sie für mich nehmen".

Er nahm die Spur auf. Wir wollten über Feldwege zu einem der Gutshöfe wandern. Von Hemmelmark, Hohenstein nach Karlsminde. Schwansen, Ostseeland. Er monologisierte, beschrieb Gräser, Blumen, Sträucher, Schmetterlinge, Käfer. Er kannte alle Namen. Ich blieb still. Er voller Inbrunst. Sein volles Haar wölbte sich auf, gemeinsam mit seiner Stimme. Die Natur war voller Geigen, die Natur in uns, um uns, das Ganze so nah. Ein Hund jagte ein Kaninchen.

„Vor ein paar Tagen", ich begann vorsichtig, das Thema zu wechseln und fragte: „Vor ein paar Tagen, haben Sie einen Vortrag zum Thema „Kunst und Kultur in heutiger Zeit" gehalten. Ich wollte ihn nicht frontal angehen. Einfach fragen, obwohl einfache Fragen zu Verstimmung führen können.

„Was ist Ihre Vorstellung, Sie als Kulturmensch, als Kenner der englischen Literatur. Was kann die heutige Zeit uns eröffnen. Der Mensch als Kulturmensch".

Er schwieg, offenbar war er in seine Welt eingetaucht. Dann sagte er: „Mein Vortrag am gestrigen Abend war mir sehr wichtig. Ich zitiere mich, damit Sie verstehen, was ich meine. In der heutigen Zeit kommt es auf das Große an. Die Meinung, dass in materiell dürftigen Zeiten kulturelle Fragen in den Hintergrund treten müssten, ist ebenso töricht wie gefährlich."

Ich hatte die Zeitung gelesen und dort waren seine Worte so zusammengefasst:

„In jedem Augenblick sei jeder deutsche Volksgenosse zur Mitarbeit an der inneren Volkwerdung aufgerufen. So sieht auch aller Unterricht auf das Zusammenwachsen zu einer Volksgemeinschaft. Die Aufgabe erfordert alle Kräfte, denn sie ist sehr schwierig. Von Haus aus liegen dem Deutschen Freiheit und Mannigfaltigkeit mehr im Blut als Einheit, Einordnung und Unterordnung. Frankreich hat es viel eher zu einer völkischen Einheit gebracht als wir.

Die Deutschen wären zu individualistisch. Das müsse sich ändern. Mehr Gemeinschaft. Volksgemeinschaft.

Nur dann erwächst der Einzelne zur Persönlichkeit, wenn er sich einer großen überindividuellen Aufgabe verschrieben hat. Das große Ziel gibt uns der Nationalsozialismus. Er verlieh uns ein neues, feuriges Selbstbewusstsein.

Zurück zur Bindung. Zum Trachten des Volkes.

Ich hatte ihm das vorgelesen, und er war ganz mit sich. Nun schwieg ich. Wartete auf seine Erläuterungen. War das alles? Er wiegte seinen Kopf, nahm wohl an, damit sei alles gesagt. Doch dann zitierte er den Reichskanzler und fügte hinzu, dieser habe den Kulturbegriff neu belebt.

„Wir brauchen einen in der Volksseele verankerten Kulturbegriff".

Ich konnte seine weiteren Ausführungen nur oberflächlich zusammenfassen, alles ging schnell, ausladend. Seine Hände ruderten. Er machte manchmal eine längere Pause, dann nahm er wieder Fahrt auf. Ein Monologisierer. Einer, der jedes Wort genau wählt. Dann zuckte ich zusammen, denn er summte das Horst-Wessel-Lied. Ganz leise, ich schwieg.

Nach einer Pause sagte er nur: „Wir leben in einer neuen Zeit, die sich auf das Hergebrachte bezieht. Es ist dies ein Eintauchen in unsere Kulturseele". Als ich dann auf Liliencron zu sprechen kam, zitierte er ein Gedicht. Liliencron ist einer von uns, sagte er.

Wir gingen den schmalen Weg weiter und schwiegen. Er hatte alles gesagt, was er sagen wollte. Nach der stummen Wanderung bogen wir in die Einfahrt des Ludwigsburger Schlosses. Ich gab ihm die Hand, wir verabschiedeten uns, und er stieg in den Wagen ein.

Ich setzte mich anschließend auf eine Bank, musste schlucken, Luft holen. Dann holte ich die Zeitung hervor.[xxii]

„Schleswig-Holstein darf sich eines Detlev von Liliencron rühmen, der dem Bilde des volksnahen Dichters ganz nahegekommen ist. Er rühmte die „Adjutantenritte" Liliencrons, ihre Frische, Kraft und Volkstümlichkeit. Der Abend schloss mit der Wiedergabe einiger charakteristischer Gedichte Liliencrons. Ihre Themen sind die ewigen Themen des Volkes: Poesie, Liebe, Krieg, Tod. Die Versammlung zollte dem Redner Beifall. Mit einem dreifachen „Sieg-Heil" auf den obersten Führer und mit dem Absingen des letzten Verses des Horst-Wessel-Liedes wurde die vortrefflich gelungene Versammlung geschlossen".

Tapete

Du bist Marix, nicht mit y sondern mit i. Damit es keine Verwechslung gibt. Du bist die Person, die die Tapeten freilegte. Die Tapete hatte sich vor mehr als 200 Jahren versteckt. War abgeschirmt. Niemand hatte sie gesehen, niemand kannte sie, sie war im Dunkeln geblieben. Du hattest Jean getroffen. Ihr wart ein Paar, für ein Jahrzehnt. Als ihr die Tapete entdeckt hattet, da wart ihr gerade am Anfang eurer Liebe.

Wochenlang hatte Marix mit einer Restauratorin gearbeitet, beide hatten Schicht für Schicht abgetragen. So präzise und vorsichtig wie nötig, bis sie auf die weitgehend unversehrten Tapeten mit den Motiven von *La prise de la smala d'Abd el-Kader* stießen. Marix stand regungslos davor, die beiden fielen sich in die Arme und ließen ihren Tränen freien Lauf. Da waren sie, so waren sie, so sollten sie nun fortan strahlen.

Marix raste die Treppe hinunter in den hinteren Teil des Schlosses, wo sie Jean vermutete. Er saß am Fenster, blickte in den Park. Sie fasste ihn an die Hand, legte die Finger ihrer rechten Hand auf seine Lippen und zog ihn ins Treppenhaus. Sie schwieg, ging die Stufen langsam hoch, schloss die Tür hinter sich und sagte: „Augen zu!" Es klang wie ein Befehl. Sie umfasste seine Hüfte und führte ihn durch den Raum, überall lagen Tapetenreste, Spachtel, Scheren und Reinigungsmittel herum, blieb dann stehen, verharrte einen Moment. Stille. Sie ließ ihn los: „Augen auf!".

Er ahnte, ach ja, er wusste, es würde etwas Besonderes sein.

„Augen auf!"

Er blickte in eine Landschaft, Kabylei, auf einer Fläche von mehreren Quadratmetern. Nordafrika.

Jean, der Nachdenkliche, der mit seinen Gefühlen so sparsam umging, liefen die Tränen herunter. Er nahm Marix in den Arm. Sie hielten sich. Marix musste ihn trösten.

Nun waren sie freigelegt.[xxiii]

Sie musste lachen, denn sie erinnerte sich an die in der Familie erzählten Geschichten. Damals – 1849 oder war es 1850? – hatten ihre Urvorfahren Hermann von Ahlefeldt und Joséphine Bloch – auf Ludwigsburg eine Reihe von Tapeten in mehreren Rahmen anbringen lassen[xxiv]. Diese zeigten eine Palmenlandschaft, blauen Himmel und Orientalisches. Hermann hatte sie für Joséphine malen lassen, damit sie die Dunkelheit in der Schwansener Landschaft leichter ertragen könnte. Die Tapeten waren einem Bild von Horace Vernet nachempfunden, enthielten jedoch nicht das Kriegerische des Gemäldes „Einnahme der Smala von Abd el-Kader". Joséphine gehörte dem künstlerischen Milieu der Bohème an, sie kannte Maler und Schriftsteller und war zugleich Mitglied im sog. „Haschisch-Club", dem u.a. Honoré de Balzac, Charles Baudelaire und Alexandre Dumas angehörten. In diesen Kreisen hatte Hermann Joséphine kennengelernt.

Nachdem Hermann im Jahr 1855 verstarb, wollte sie zwar sein Ansehen wahren, aber sie verhängte die Tapeten, weil diese eine Darstellung eines jüdischen Händlers enthielt, die Joséphine, genannt Maryx, nicht gefiel.

Sie zerstörte sie nicht. Joséphine lebte bis 1882 auf Ludwigsburg, 27 Jahre blieb sie mit ihren drei Kindern in der Gemeinde. Erst 1882, als ihre Kinder geheiratet hatten, kehrte sie nach Paris zurück, wo sie 1891 auf dem Friedhof von Montmartre an der Seite von Hermann begraben wurde. Ca. 160 Jahre später strahlt die Tapete wieder für alle zugänglich.

Joséphine

Wie konnte sie es bloß aushalten. Wieder so ein trüber durchdringender Nebel. Sie setzte sich mit dickem Wollmantel an den Kamin. Möge es bloß bald Frühling werden. Die Kälte im ganzen Schloss, die vielen Zimmer, die langen dunklen Nächte und die kurzen Tage. Wie konnte ich nur in diese kalte Ecke des Landes kommen. Gut Kohöved, nach dem kleinen Rinnsal Kobek benannt, heute Ludwigsburg. Um mich herum rein gar nichts. Ich weiß nicht mehr weiter. Wie soll ich bloß den Winter überstehen? Immerhin, er ist da, meine große Liebe.

Sie spürte, dass bald die Maiglöckchen blühen würden. Endlich – das Sehnen hatte sich auf die Kleinigkeiten des Lebens gerichtet. Sie nahm ihre Kinder in den Arm, kuschelte mit ihnen. Sie waren ihr Glück. Und wenn er in den Kaminraum eintrat, dann fühlte sie ihre Liebe zu ihm. Der Mann, den sie in Paris kennengelernt hatte, der sie nach Ludwigsburg holen konnte, der Großgrundbesitzer und Diplomat der dänischen Krone. Auf einem Ball bei Freunden hatte sie ihn kennengelernt, sie die Muse vieler berühmter Maler. Sie dachte an ihre Trauung in der evangelischen Marienkirche. Der Pariser Trubel fehlte ihr manchmal, aber es gab die Sommerabende mit Freunden mit klassischen Konzerten und französischen Liedern. Sie summte eine Melodie.[xxv]

Ein Herz, das sich entflammen lässt
Ah! Wie quälend ist die Liebe!
Wie sehr ist das Feuer der Liebe zu fürchten!
Wie leicht ist es, es zu entfachen!
Wie schwer ist es, es zu löschen!
Ein Herz, das sich entflammen lässt.

Wir tanzen jetzt in den Sommer. Im Mai geht es los, der Schnee ist weg. Sie würde ihren Mann auch begleiten, sobald es möglich sein würde, nach Paris und nach Kopenhagen.

Windräder

In Ludwigsburg kannst du in den Himmel schauen und dich zurückziehen. Von der anderen Seite nach Rothensande, nicht vom Dorf aus. Umgekehrt ist der Weg noch etwas verträumter. Das kann ich gut beurteilen, seitdem ich mit Long, Schwester, Schwager und Hazel mit der Kutsche hin und zurück gefahren bin. Am Abend durch die milde Luft, ein kleiner Imbiss im Gasthof, viele Menschen, Junge und Alte. Alle kennen sich, am Mittwoch ist immer was los. Wir sehen zu, der Alte setzt sich zu uns. Ach, du kennst Enno. Ja, er war mein Klassenkamerad. Wir reden und reden. Manch einer kommt zu uns an den Tisch, wir tauschen uns aus. Jenseits des Strandlebens gibt es hier ein dörfliches Miteinander, wie selbstverständlich duzen sich alle. Nichts ist rückwärtsgewandt. Weißt du noch – früher? So laufen die Geschichten nicht. Wir wissen um unsere Geschichten, und wir sind auf das Heute und das Morgen gerichtet.

Wir machen uns auf den Weg. Wer wird ein Windrad aufstellen, wie weit vom Dorf dürfen wir das? Haben die Gutsbesitzer die Nase vorn, weil sie vom Dorfkern mehr als ein Kilometer entfernt sind? Ja, manch einer ist dabei, andere wollen lieber ihre Ferienwohnungen vermieten und wenden sich gegen die Windräder und die Solarfelder. Manch ein Protest braust auf. Irgendwo wehte sogar eine Piratenflagge. Korsikaner in der Gemeinde. Die Wogen glätten sich wieder, aber gut kommt es nicht an, wenn die Aufkäufer von Land einfach die Diskurse bestimmen und ihre Macht über ihre Netzwerke durchsetzen. „Dat geiht ni" – sagt Gerd. Wo soll das hinführen.

Zwischen Loose, Ludwigsburg, Rothesande und Hülsenhain stehen inzwischen Windanlagen. Sie sind 180m hoch. Die Landschaft verändert sich. Wo früher der lauschige Weg am Moor vorbeiführte und sich Hase und Igel guten Tag sagten, wurde eine Zugangsstraße gebaut und das Terrain mit großen Zementblöcken, die die Windräder tragen sollen, gepflastert. Alles anders. Energiewende muss sein, aber die Landschaft verwandelt sich und die Natur wird zurückgedrängt. Von weitem ragen die Windmonster in den Himmel. Neue Zeit.

Alle wissen auch, wie sehr das Land durch den Klimawandel leidet. Irgendwie freuen wir uns, dass die Sommer wärmer, weniger regenreich und die Winter kürzer wurden. Bis wir alle merkten, das geht so nicht weiter. Die Erde immer trockner, die Böden ausgelaugt. Man kann sogar Mais ohne Probleme anbauen, aber die ziehen noch mehr Feuchtigkeit aus den Böden. Plötzlich der Schreck. Was passiert mit dem Land und der Landschaft, wenn es immer trockner wird. Bei den Ernten fliegt uns Staub um die Ohren. Weiße Zeit der Dürre. Wie soll das nur werden. Früher war Landwirtschaft auch immer Naturschutz, aber mit der Pestizid-, Düngemittel- und Jauchewelle zerstört sich das fruchtbare Land von allein. Wenn nachts noch Unverantwortliche ihren Schlick auf die Felder ausbringen und zu viel Gülle auf die Felder kommt, geht die Natur den Bach runter. Über Tage hinweg müssen wir den starken Duft ertragen. Er fliegt nicht davon, auch wenn der Wind weht. Erst nach einer Woche beruhigt sich die Erde, sie hat ihn in sich aufgenommen. Die Konsumenten danken es ihnen, werden sie doch mit industriellen Agrarprodukten zu günstigen Preisen versorgt. Ob die Großgrundbesitzer, die teilweise ihre Domizile auf Mallorca oder sonst wo haben, das überhaupt mitbekommen?

Am Wegesrand haben sich die Mohnblumen wieder herausgewagt, und die Vögel zwitschern wieder. Jahrelang nichts von ihnen gehört. Nun sind sie so laut, dass man auch schon nervös werden kann. Bienen und Wespen bekriegen sich. Die Mohnblumen direkt vor dem Fenster, was für ein Anblick. Ganz nah an der Straße, in den Feldern. Das Verbot von einigen chemischen Mitteln hat geholfen. Aber anderswo wird einfach weiter gespritzt, verbotenerweise und natürlich heimlich. Aber wir erkennen sie, wir wissen, wer sie sind. Wir machen Fotos, wenn sie in den Nächten unterwegs sind. Sie sind unüberhörbar.

Die Stille dringt durch. Wie in dem Film, Paris, Texas. Stille, absolute Stille. Über den Kopfhörer hören wir Ry Cooder.

Speckstein

Manchmal denke ich, das Dorf zerbröckelt. Nicht alle Häuser sind ganzjährig bewohnt. In vielen beginnen die Lichter zur selben Zeit anzugehen. Zeitschaltuhr, das neue Gestaltungselement. Aus den Wohnzimmern flimmern die Fernseher. Die Jugendlichen hocken vor den PCs, man trifft sich kaum noch. Ein zwölfjähriger Junge geht an mir vorbei, die Pudelmütze ins Gesicht gezogen, seine Kapuze verdeckt die Augen. Ich grüße, er schweigt. Es gibt weniger Eintracht und weniger besinnliche Gespräche, stattdessen viel Streit, der sich erst legt, wenn alle genügend Bier und Schnaps getrunken haben. Alle reden, viele sind sauer. Was ist bloß los, wie kann es nur so auf den Hund gekommen sein, fragen sie sich. Haben sie alles mitgemacht oder sind sie nur in der dritten Reihe. Die meisten schweigen.

Wir schauen auf die Leute, die an den Wochenenden zu uns kommen, sich in ihren Bungalows niederlassen, ein bisschen auf chic machen. Sie rollen Donnerstagsabend an, ein Gläschen darfs doch wohl sein. Manchmal plaudert man miteinander, aber man kennt sich nicht. Sie wissen wenig von den dörflichen Sitten und Netzwerken. Natürlich würden sie niemals auf einen Feuerwehrball gehen. Einige pflegen ihre Vorurteile, bleiben unter sich und wollen nur das Land genießen. Manch einer fährt nach Sieseby in den Landkrug. Das Essen ist mäßig, nur der Wein ist gut, aber der kommt ja auch von woanders. Man wundert sich übereinander. Man formuliert sich gegeneinander. Übertreibe ich? Doch manchmal sogar ein Hauch von liberaler und weltoffener Gemeinschaft. Das Dorf als globaler Minikosmos.

Der Friedhof steht. Aber auch die Gräber werden weniger. Viele Gräber sind nicht mehr begrünt. Irgendwann verschwinden sie. Immer mehr Leerstellen. Nur noch die Alten pflegen die Gräber. Aber es gibt wieder Hoffnung: eine Gemeinschaftsanlage von Gräbern. Sie nennen es Apfelbäumchen. Junge Familien tragen ihre Eltern am Apfelbäumchen zu Grabe. Die Pastorin hat das Dorf verlassen. Sie hat ihr volles Arbeitsleben auf einer halben Stelle zugebracht, die Kirche wollte keine ganze Stelle finanzieren. Gesundsparen. Jetzt gibt es im Dorf keine Pfarrerstelle mehr. So bricht die alte Tradition und so bricht die Religion weg. „Ein feste Burg" verschwindet. Die Reisepastorin predigt alle paar Wochen. Schluss aus. Die Adligen bleiben weg. Sie leben auf ihren Fincas auf Mallorca und anderswo.

Das alte Land ist passé. Jetzt kommen die Windräder und Solaranlagen.

Nachdem mein Vater gestorben war, spazierte meine Mutter jeden Spätnachmittag am Kai in Eckernförde entlang. Ganz langsam, sie beobachtete die Menschen, schaute auf die Bucht, winkte den Schiffen zu. Wenn die Fahnen im Wind flatterten, dann sah man manchmal ein Lächeln auf ihren Lippen. Sie hatte ein erfülltes Leben. Immer mehr war sie bei sich und ihren Skulpturen, die am Kai aufgereiht waren. Auf einer Strecke von 500 Metern gab es 20 Skulpturen. Jede einzelne hatte eine besondere Geschichte und diese erzählte meine Mutter sich und manchmal uns. Sie sprach mit ihnen, weihte sie ein. Am Ende des Kais hatte sich ihre Lieblingsskulptur hingestellt, eine rund gehaltene Figur, ganz weich, aus Speckstein. Manchmal schimmerte der Stein in der Abendsonne. Wenn es regnete, versteckten sich die Farben.

Ich nehme die Geschichten mit, gehe über die Felder und spüre unter dem Stiefel die Erde, die sich wellig an meinen Fuß schmiegt. Sie nimmt mich auf, selbst wenn ich stolpere, bleibe ich in der Furche. Ich gehe sehenden Auges aus den Zeiten. Immer wieder packe ich den Duft des Feldes in meinem Rucksack. Er ist leicht, und ich bin frei. Was geht in mir vor, wenn ich über die Felder gehe? Hier passiert nicht viel, und davon wenig.

Nachwort

Gerade komme ich von Hohlegrund, fahre den kleinen Hügel herunter, drücke nochmal in die Pedale und vor mir liegt Kleinwaabs, der Ort, in dem ich geboren bin. Der Ort, der mich immer wieder anzieht. Ein Sehnsuchtsort? Ich glaube es ist etwas anderes. Ich biege in die Mühlenstraße ein, nehme die Kurve und stoppe an der Ausfahrt zum Aschenberg. Das Haus liegt - getrennt durch die Landstraße - ein wenig Abseits. Aber ich kann das Dorf sehen, einen Teil davon, die Kirche, die Bäckerei, Elsas Enkels Haus, die ehemalige Sparkasse, das Dörpshus und die Bushaltestelle. Die stilvoll renovierten und meist gepflegten Häuser prägen das Dorf.

Ob ich abends oder tagsüber eintreffe, ob bei Schnee und Eis, bei Regen oder Sonnenschein, es ist immer das gleiche Gefühl. Ich tauche ein, ich bette mich in eine vertraute Welt ein. Hier komme ich her. Hier habe ich meine Wurzeln. Deshalb schreibe ich meine kleinen Geschichten - Dorfgeschichten. Erfundenes, mit der Realität meines Blickes. Mein

Erleben verquickt sich mit der Dorfmusik, dem Wind, den Wellen – dem Rauschen.

Wir sollten uns erinnern, wir sollten die Geschichten ausfindig machen und uns erzählen, um zu verstehen. Geschichten weitergeben, darüber sprechen und aus der Vergangenheit lernen. Wir sollten offen sein, auch wenn das Erinnern schmerzt. Aber wir sollten es tun. Wir sollten Kapitäne unserer Erinnerungsfahrt werden, das Steuer in die Hand nehmen, sonst werden wir instrumentalisiert und von falschen Geschichtswächtern überrannt.

Meine Geschichten sind aus dem Augenblick des Beobachtens geboren, Geschichten, die oft eine lange Herkunft haben. Geschichten, wie ein Gemälde mit Musik, ein Stück mit einem Motiv oder nur Eingebung.

Wenn ich aus dem Fenster schaue und das Meer erblicke, geht mir das Herz auf. Ich ruhe in mir, atme tief durch und denke, was für ein Glück hast du an diesem Ort gehabt. Nur wenige können das nachempfinden. Wenn ich die Luft am Morgen auf dem Weg zum Bäcker einatme, allein, kein Laut außer der Vögel Rufe. Ich ertappe mich, wie ich in mich hinein lächle. Ich fühle mich verbunden, bin eingebunden. Doch ich spüre, ich gehöre nicht so ganz dazu. Ich bin der Dauergast, bleibe außen vor. Jedenfalls ein bisschen. Ich bin im Dorf, nicht auf dem Dorf, aber im Dorf bin ich der Beobachter. Teil des Ganzen - aber nicht im Ganzen. Was darf ich aussprechen, was sollte ich ansprechen, darf ich den Finger in die Wunde legen, wie weit darf ich gehen? Judith Hermann kommt mir in den Sinn, sie befasst sich mit dem Verschweigen und den Grenzen von Offenheit. Was kann und darf gesagt werden, was wird gesagt und was nicht.

Da ist etwas anderes, unterhalb und außerhalb des Gesagten. Ein Stück der unentrinnbaren Vergangenheit. Gehöre ich zum alten Schlag, wie man früher sagte?

Ich durchlebe die Geschichten inmitten des Dorfes. Ich begebe mich auf eine gemeinsame Wanderung mit Freunden, mit Verwandten, mit Kumpeln, Bekannten - mit realen und erfundenen Charakteren. Das reale Leben hat sich oft anders abgespielt. Wir wissen nicht alles über das Leben in der kleinen Gemeinde. Es handelt sich um Geschichten, es ist kein Portrait und noch weniger eine Seelenschau, aber Stücke, die sich zum Ganzen fügen, und manchmal decke ich etwas für mich auf. Ich schreibe die Dorfgeschichten für mich und für die Menschen, mit denen ich verbunden bin.

Die Orte sind real, es gibt sie, sie sind die Haltepunkte, an denen sich die Geschichten aus Waabs und Schwansen abspielen. Es liegt an uns auszusprechen. Namen und Geschichten sind erfunden, jedenfalls manchmal.

Euch danke ich: Inga, Elvira, Trude, Günther, Andreas, Anja, Long, Gerd, Rudi, Heinz, Volker, Karlheinz, Kurt, Udo, Jann, Hermann, Bernd, Peter, Ilse, Jochen, Martin, Pea, Klaus, Jörg, Hanswerner, Deli, Sophie, Dieter, Ille, Peggy, Antje, Manfred, Angelika, Gundula, Günni. Die Eltern und Großeltern haben einige der Geschichten erzählt.

Für die Dorfgeschichten habe ich öffentlich zugängliches Material genutzt. Die Quellen finden sich in den Endnoten.

Waabs, Berlin, Juni 2024

Der Autor

Robert Kappel, *geboren in Kleinwaabs, Schwansen, Abitur in Flensburg, Studium der Volkswirtschaftslehre in Freiburg/Brsg. Promovierte und habilitierte sich an der Universität Bremen, ehemals Professor an den Universitäten Leipzig und Hamburg sowie Präsident des GIGA (German Institute for Global and Area Studies) in Hamburg. Blogs:*

https://graensengrenzen.wordpress.com/

https://weltneuvermessung.wordpress.com/

Neue Veröffentlichungen

Schatten im Licht. Dorfpoesie, *Hamburg 2024.*

ISBN 9783759751997

Im Dorf. Schwansener Geschichten, *Hamburg 2024.*

ISBN 9783759749055

Fotos/Bilder von Andreas Guhl, Hannes Rander und Robert Kappel, sowie Familienfotos.

Anmerkungen

[i] Helene Voigt-Diederichs (1926), Auf Marienhoff. Vom Leben und von der Wärme einer Mutter, Jena.

[ii] Aus Helene Voigt-Diederichs (1905), Unterstrom. Gedichte, Leipzig.

[iii] Ror Wolf (2007), Zwei oder drei Jahre später. Neunundvierzig Ausschweifungen, Frankfurt/Main.

[iv] Dieter Prüß (2024), Das „Judenschiff" vor Booknis. Schlaglichter auf die Waabser Geschichte, Waabs.

[v] Vgl. den Beitrag von Dieter Prüß (2023), a.a.O.; Else Bevendorff (1984), Gestrandete Jüdinnen vor Bookniseck, in: Kurt Hamer, Karl-Werner Schunck und Rolf Schwarz (Hrsg.), Vergessen + verdrängt, Eckernförde; Hans und Elke Molzahn (2007), Die jüdische Grabstätte in Eckernförde, in Jahrbuch der Heimatgemeinschaft Eckernförde 65: 291-309. Der Weg in die Freiheit endete im Bombenhagel in der Eckernförder | SHZ; Identifizierung eines in der Eckernförder Bucht gestrandeten MARINEFÄHRPRAHMES (forum-marinearchiv.de).

[vi] Robert Kappel (2024), Schatten im Licht. Dorfpoesie, Hamburg.

[vii] Jochen Missfeldt (2013), Die graue Stadt am Meer. Der Dichter Theodor Storm in seinem Jahrhundert, München.

[viii] Waabs - Luftfahrt-Archäologie (spurensuchesh.de)

[ix] Rainer Hansen (1981), Waabs. Vergangenheit und Gegenwart, Waabs; Gemeinde Waabs (1982), 600 Jahre Gemeinde Waabs, 1382-1982, Eckernförde.

[x] Eckernförder Zeitung Jahrgang 1933: S. 271; siehe Christian Pörksen, Hrsg. (1989), Hannes Paster. Von Menschen, Dingen und dem Herrgott, Kiel: S. 51.

[xi] Wilhelm Gertz (1996), Ein Buntes Mosaik, 1936-1951, Kiel.

[xii] Graf Luckner (1928), Seeteufel erobert Amerika, Leipzig 1928. Luckner war eine höchst problematische Figur, Kollaborateur der Nazis, Vergehen an jungen Mädchen, u.a. Er tingelte in den 1930-er bis 1950-er Jahren durch Deutschland, um über Vorträge Geld zu verdienen.

[xiii] Jochen Missfeldt (2012), Schleiland, Eckernförde: S. 71

[xiv] Jochen Missfeldt (2005), Steilküste, Reinbek.

[xv] Johannes V. Jensen (2020), Himmerlandsgeschichten, Berlin (ursprünglich 1904).

[xvi] Jochen Missfeldt (2012), a.a.O.

[xvii] Wilhelm Gertz (1996), a.a.O.

[xviii] Rolf Schulte (2020), Die deutsche Republik ist in Gefahr. Die Niederschlagung des Kapp-Putsches in Eckernförde 1920, in Jahrbuch der Heimatgemeinschaft 2020, Eckernförde: S. 277-292.

[xix] Wilhelm Gertz (1996), a.a.O., S. 16.

[xx] Berichterstattung der Eckernförder Zeitung 3.5.1934.

[xxi] Die Marienkirche in Waabs (matterport.com)

[xxii] Eckernförder Zeitung 15.1.1934

[xxiii] Die Bildtapete in Ludwigsburg. Marix und die Bildtapete La prise de la smala d'Abd el-Kader - Die Bildtapete in Ludwigsburg - Éditions de la Maison des sciences de l'homme (openedition.org)

[xxiv] Siehe den Beitrag von Norbert Weber (2021), Palmen in Ludwigsburg, in Jahrbuch der Heimatgemeinschaft Eckernförde 79: S. 163-186.

[xxv] Jean-Baptiste Lully, Roland (1685).